톱스타
이건우

톱스타 이건우 2

크레도 장편소설

초판 1쇄 찍은 날 § 2017년 9월 19일
초판 1쇄 펴낸 날 § 2017년 9월 26일

지은이 § 크레도
펴낸이 § 서경석

총괄편집 § 최하나
편집책임 § 이선근

펴낸곳 § 도서출판 청어람
등록번호 § 제387-1999-000006호
등록일자 § 1999. 5. 31
어람번호 § 제1-2767호

주소 § 경기도 부천시 부일로 483번길 40 서경B/D 3F (우) 14640
전화 § 032-656-4452 팩스 § 032-656-4453
http://www.chungeoram.com
E-mail § chungeorambook@daum.net

ⓒ 크레도, 2017

ISBN 979-11-04-91464-5 04810
ISBN 979-11-04-91462-1 (세트)

톱스타 이건우

크레도 장편소설
FUSION FANTASTIC STORY

2

도서출판
청람

톱스타
이건우

Contents

1. 노래도 대박

추가 촬영으로 보충된 월요일 분량이 방영되었고, 화요일에
는 예고한 대로 스토리 정리와 여러 가지 미방영분이 포함된
스페셜 영상이 방영되었다.

　건우의 하차 논란으로 많은 관심과 집중을 받았기에 뒤늦
게 달빛 호수를 찾아본 시청자들이 많았다.

　일부러 아역이 연기한 부분은 건너뛰고 건우가 나오는 화
부터 챙겨본 시청자들도 상당했다. 재미있는 것은 리온 때문
에 실망했던 시청자들이 건우 효과로 다시 돌아오고 있다는
것이었다.

요즘처럼 인터넷과 각종 영상 매체가 발달한 시대에 본방 사수를 고집할 필요는 없었지만 달빛 호수가 주는 연기력의 감동은 본방사수를 하게 만들었다. 건우와 다른 주변 인물들의 연기를 보고 있으면 무언가 격하게 공감하게 되고 감정이 절로 움직이는 것이다. 시청자들은 모두 연기력 때문에 그런 감정의 공감을 느끼는 것이라 생각할 수밖에 없었다.

재미있는 점은 외국인들 사이에서도 건우가 나온 부분을 보고 리액션 영상을 찍는 것이 유행이 되어가고 있다는 점이다. 말이 안 통하는데 영상을 보고 감정이 움직이는 체험은 건우를 그야말로 연기력의 끝판왕으로까지 만들어가고 있었다.

월요일 시청률이 27%를 돌파했다. 30%를 목전에 둔, 그야 말로 기록적인 수치였다. 그런 시청률보다도 더욱 화제가 되는 것은 건우의 연기 변신이었다.

살벌한 카리스마를 자랑하던 자객단주의 역할에서 벗어나 허당 끼가 넘치지만 잠깐잠깐 진지한 매력이 숨겨져 있는 선비 역할은 누가 보더라도 매력적이었다. 달빛 호수의 분위기를 반전시키는 코믹적인 요소도 들어가 극의 긴장을 풀어주었고, 반대로 선비 역할을 하며 고뇌하기 시작하는 건우의 모습은 또 다른 긴장감을 불어넣어 주었다.

이제 월요일이 되면 포털 검색어는 무조건 이건우와 달빛 호수에 관한 이야기만 나오는 것이 어색하지 않았다. 기자들도 연이어 화제가 되는 달빛 호수를 가만히 둘 리가 없었다.

한국에서 가장 유명한 포털 사이트에서 제공하는 서비스인 다이버 in TV에서도 TOP 1위를 기록하고 있는 것이 바로 달빛 호수였다. 각 화마다 짧게 5분 정도의 분량인 맛보기 영상으로 올라온 것들이었는데, 예고편은 물론 다음 화 선공개 영상도 있어서 댓글은 늘 많았다.

화요일은 스페셜 영상으로 대체되었기에 더욱 많은 조회수를 기록하고 있었다.

[예고+선공개]선비가 된 건우, 사랑에 빠지나?

조회수: 578,232 좋아요: 7,622

선비로 정체를 속인 건우(자객단주 청월)가 속마음을 숨기고 진희(신애)를 바라본다.

댓글 2,322

(남자 38% 여자 62%)

Best댓글

오늘밥항정살: 눈에 꿀 떨어지는 거 봐ㅠㅠㅠㅠ, 눈 호강을 넘어 눈 정화네ㅋㅋㅋ, 저렇게 보는데ㅋㅋ 여주가 안 반하면 이상할 듯.

[답글 302 좋아요: 7,002 싫어요: 23]

멜랑멜랑: 끄아아 나쁜 놈들 다 죽이고 둘이 빨랑 이어졌
으면… 케미 대박이다 진짜.

[답글 202 좋아요: 4,002 싫어요: 33]

―RE: 송미나: 오메 심쿵한 것. ㅠㅠㅠ.

―RE: 예맘: 건우님 혼자 다 하시네…….ㅠㅜㅠㅜㅠㅜ.

―RE: hineh: 다시보기 오만 번 함ㅋㅋ 김진희가 묻힌듯ㅋ
ㅋㅋ.

반응은 대단했다.

건우의 달달하고도 슬픈 모습은 시청자들의 감정을 뒤흔들
었다. 옥션체화신공의 영향이 컸지만 누구도 그 사실을 알아
차릴 수 없을 것이다. 알아차리는 것이 이상했다.

SNS를 하는 배우들은 건우의 연기에 대해 그야말로 인물
그 자체가 되는 미친 연기라고 평가했다. 최근에 SNS를 시작
한 최운식은 오히려 건우에게 배운 점이 많다고 글을 올려 주
목을 받았다.

리온의 SNS는 거의 건우 찬양으로 가득했다. 재미있는 점
은 자신의 과오를 반성하는 글까지 올렸는데, 건우를 롤모델
로 삼고 있다고 언급했다. 팬들 사이에서는 리온이 건우 덕분
에 개과천선했다는 말까지 나오고 있었다.

건우의 주가는 계속해서 치솟고 있었다.

화제의 주인공인 건우는 별로 달라진 것을 느끼지 못했다. 주변 관심이야 늘 있는 일이었고, SNS는커녕 인터넷 접속도 잘 하지 않아 돌아가는 상황을 알지 못했다. 다만 몰려오는 기운들의 양이 더욱 늘어난 것을 보고 조금 인기가 올라갔구나 하며 돈을 더 벌 수 있게 될 것 같아 기쁘게 생각할 뿐이었다.

내력이 상승할수록 옥선체화신공의 공부가 깊어졌고 육체는 더욱 완성되어 갔다. 환골탈태에 비할 수는 없었지만 옥선체화신공은 서서히 건우의 몸을 최고의 상태로 진화시켜 주고 있었다. 그 결과로 건우의 외모 역시 나날이 잘생김을 경신해 가고 있는 것이다.

아무튼 건우는 촬영 스케줄과 이사, 그리고 다른 제의들을 검토하며 바쁜 시간을 보냈는데 오늘도 그런 스케줄 때문에 YS 사옥에 오게 되었다. 석준이 빌려준다는 집은 예전에 아이돌 그룹의 숙소로 쓰던 곳이었는데, 사옥을 이전하면서 처분 예정이었던 곳이다.

"크긴 크구나."

YS 사옥의 모습은 늘 감탄을 불러일으켰다.

건우의 출연이 본격적으로 결정되면서 리온이 불렀던 OST

를 건우 버전으로도 삽입하기로 했는데 편곡을 YS에서 전적으로 맡기로 했다. 그가 속한 소속사이기는 했지만 그간 거리상의 문제도 있고 해서 계약서를 쓸 때 이외에는 오지 않았던 곳이었다.

면적이 600평이 넘어갔는데, 1년 전에 완공해서 이전해 왔다고 한다. 소속사 건물로 보이기보다는 마치 오페라 하우스 같은 디자인이었다. 상당히 세련되고 아름다웠다.

사옥 근처의 벽에는 팬들이 낙서를 해놓았는데, 하나의 문화 같은 것이 되어버렸다. 한글뿐만 아니라 영어와 일본어, 중국어 등 다국적 언어로 도배가 되어 있었다. YS 사옥 주변에서 진을 치고 있는 팬들도 있었고 오가는 외국인들도 꽤 보였다.

건우가 밴에서 내려 모습을 드러내자 찰칵이는 셔터음이 들렸다. 달빛 호수의 건으로 건우는 뜨거운 감자였는데 덕분에 잠복으로 유명한 디스저널의 기자들이 숨어서 건우를 찍고 있었다. 관심은 고마웠지만 저런 사생활 침해 수준까지 이른 정보 수집은 대단히 꺼려졌다.

'꼭 살수 같네.'

건우의 기감을 피해갈 수는 없었다.

심장박동마저도 제어하는 살수에 비할 바는 아니었지만 기분이 나쁜 것은 똑같았다. 건우가 살기를 일으키며 그들 쪽을 바라보자 카메라를 놓쳐 떨구는 소리가 들려왔다. 아마 몇몇은 오줌을 지렸을지도 몰랐다.

"구경 좀 해도 될까요?"

"응? 그럴래? 안내해 줄까?"

"괜찮습니다."

건우는 한상진이 쉴 수 있게 배려해 주었다. 한상진은 건우에게 드디어 말을 놓고 있었다. 밤샘 촬영으로 피곤을 함께해서인지 꽤 가까워졌기 때문이다. 촬영을 할 때 다른 곳에서 쉬고 와도 되었지만 한상진은 건우를 챙겨주거나 잡다한 일들에 대한 도움을 주었다.

하루 전에도 빡빡한 스케줄을 소화하고 왔으니 한상진은 피곤한 기색이 있었다. 이제는 실장으로 승진을 앞두고 있어 현장에서 뛰지 않아도 되었지만 한상진은 후임이 생기기 전까지 건우를 끝까지 책임져 주고 싶어 했다.

YS에 소속된 인물들은 서로 상당히 존중해 주는 편이었다. 석준이 강조하는 최고의 스펙이 바로 인성이었다. 능력이 떨어지더라도 인성이 바르다면 롱런할 수 있다는 것이 그의 지론이었다.

그만큼 YS의 가족이 되는 것은 힘들지만 한번 들어오게 된다면 진짜 가족처럼 챙겨주었다. 그 유대감이 YS를 3대 기획사로 올려놓은 원동력이었다. 물론, 현재 그 때문에 손해를 많이 보고 있기는 하지만 말이다.

"음, 그럼 나는 휴게실에 있을게. 무슨 일이 있으면 바로 전화해."

"네."

"조금 있다가 바로 대표님에게 가면 돼."

"응? 토요일인데 나오셨나요?"

한상진은 건우의 말에 피식 웃었다.

"아, 우리 이 배우가 오셨는데 그럼 나오셔야지!"

"하하."

한상진은 건우의 어깨를 두드리고는 휴게실로 갔다.

아직 시간이 꽤 있기에 건우는 사옥을 천천히 구경해 보기로 했다. YS의 사옥은 인터넷에서도 꽤 화제가 되었는데, 석준이 가지고 온 여러 신기한 것들도 많았고 특히 사내 식당이 최고 수준을 자랑한다고 한다. 소속사에 속한 가수나 배우들이 잘 쉴 수 있게 아주 좋은 휴게실도 갖추고 있었고 영화관도 있었다. 옥상에는 파티를 할 수 있게 만들어 놓은 공간까지 있었다. 여러 예능을 통해 공개된 곳이지만 건우는 계약할 때 스치듯 지나가며 본 것이 전부였다.

'오, YS 가수들인가?'

안으로 들어가자마자 벽에 붙어 있는 사진들이 보였다. 대부분 알고 있는 가수들이었다. 한국 내에서뿐만 아니라 외국에서도 두터운 팬층을 지닌 5인조 남성 그룹 '빅붐(BIG BOOM)'의 사진이 보였고 그 옆에 마이걸스, 트윈뮤지션 등 많은 가수들의 사진이 붙어 있었다. 분명 잘생긴 이들도 있었지만 그것보다는 매력적이게 생긴 이들이 대부분이었다. 여성 아이돌 그룹 같은 경우에는 얼굴도 예뻤지만 개개인마다 독특한 무언가를 지니고 있었다.

사진으로만 보아도 건우는 그것을 느낄 수 있었다.

'세상에 천재는 많지.'

건우보다 어린 나이의 가수들도 꽤 있었다. 벌써 한 사람 몫을 넘어 가수로서 제대로 자리 잡은 모습이 참 보기 좋았다. 열등감에 시달리고 있던 현생의 자신에게는 결코 닿을 수 없는 별처럼 느껴질 때가 있었다.

당연했다. 특수한 무기도 없이 저런 천재들 사이에 끼어들려고 했으니 말이다.

건우는 사진들을 바라보다가 시선이 멈추었다.

배우들 사이에 존재감을 자랑하고 있는 자신의 사진이 보였기 때문이다. 저번에 필요하다고 해서 촬영했던 프로필 사진이었는데 자신이 보더라도 꽤 잘 나온 것 같았다.

확실히 주변의 사진보다 독보적인 면모를 자랑하고 있었다.

'신기하네.'

저기에 자신의 얼굴이 걸릴지는 전혀 예상하지 못했다. 아직도 조금은 얼떨떨했다. 예전 건우의 성격이었다면 흥분해서 마구 소리를 질렀을지도 몰랐다. 그러나 지금은 온갖 고초와 죽을 고비, 그리고 실제로 죽음까지 겪은 건우였다.

건우는 본격적으로 구경을 시작했다. 사내 식당부터 둘러보는데 일하는 아주머니들이 놀란 얼굴로 건우를 바라보았다.

"어우, 아주 인물이 훤해, 훤해!"

"드라마 잘 보고 있어요!"

아주머니들은 엄지까지 추켜올렸다. 상당히 유쾌하신 분들인 것 같았다. 건우는 고개 숙여 인사하고는 위층으로 올라왔다.

2층에는 안무 연습실이 있었다. 밖에서도 내부를 모두 볼수 있게 창문이 컸고 문도 투명하게 되어 있었다.

'연습생인가?'

꽤 많은 여성들이 춤을 추고 있었다. 나이는 상당히 어려 보였다. 이제 막 중학생이 된 듯한 소녀도 있었고 대부분 고등학생 정도로 보였다. 그룹이 나누어져 있는지 다른 그룹은 바닥에 앉아서 춤을 추는 것을 진지하게 지켜보고 있었다.

'석준이 형?'

석준은 의자에 앉아서 서류를 들고 춤추는 소녀들을 날카로운 눈으로 지켜보고 있었다. 그의 옆에 서 있는 여성 안무가와 진지하게 이야기를 나누는 모습이 보였다.

건우는 귀를 기울여 보았다.

"그만!"

석준이 그렇게 말하자 음악이 끊겼다. 동작을 멈춘 소녀들이 창백한 얼굴로 석준을 바라보았다. 석준은 이해가 안 되는지 고개를 갸웃거리다가 한숨을 내쉬었다.

"이따위로 할 거야?"

"……"

"안무가 하나도 안 맞잖아. 여태까지 뭐 한 거야? 아주 살판 났구만. 그동안 연습했으면 적어도 퇴보는 하지 말아야 할 거 아냐?"

분위기가 순식간에 살벌해졌다. 석준은 화가 단단히 난 듯보였다. 석준은 테이블에 서류를 올려놓고 냉정한 눈으로 소녀들을 바라보았다.

"하연이부터 시작해 봐."

석준의 앞에 선 하연의 손이 덜덜 떨리는 것이 보였다.

인생의 갈림길에 있는 중요한 순간이었다. 그녀가 느끼는 압박감이 상당할 것이었다. 현생의 건우도 압박감을 이기지 못하고 무너지지 않았던가. 그 후 아무것도 하지 못하고 열등감에 사로잡혀 지냈었다.

저 소녀는 자신보다 대단하다고 생각했다. 적어도 저 자리까지 그녀의 노력만으로 올라왔으니 말이다. 얼마나 열심히 준비했을지 건우의 눈에도 보였다. 석준이 분노한 표정 뒤로 안타까움을 숨기고 있는 것도 알 수 있었다.

'내 노력은 아무것도 아니었어.'

무공을 익히기 전에는 치열하게 무언가를 해본 적이 한 번도 없었다. 그리고 그것은 어쩌면 지금도 마찬가지일 것이다. 배우의 길에 들어서기는 했으나 꿈이나 열정과는 관계가 없었다.

'나는……'

떠밀려 여기까지 왔지만 더 이상 그래서는 안 된다는 것을 깨달았다. 어중간한 마음으로는 자신을 선택해 주고 배려해 준 사람들에게 폐만 끼치는 것이다.

건우가 있는 자리에 오려고 노력하는 사람들은 무수히 많았다. 건우는 그러한 것들을 생략하고 이 자리까지 온 것에 대해 부끄러움을 느꼈다.

여러 생각이 스치고 지나갔다.

리온도 저런 과정을 거쳤을 것이다. 인성 부분에서 논란이 있을지는 몰라도 그의 노력은 무시할 수 없었다. 그에 비해 자신은 무임승차에 가깝지 않을까?

무공의 힘은 분명 대단했지만 자신의 정신은 완전하지 않았다. 건우는 지금보다 더 치열하게 노력해야겠다고 생각했다.

'치열하게 노력하자.'

적어도 자신에게 당당할 수 있도록 말이다.

건우는 무언가 자신을 둘러싸고 있던 답답함이 사라지는 것을 느꼈다. 이것도 깨달음이라면 깨달음이었다.

건우는 다시 연습실을 바라보았다. 살벌함이 피부로 느껴지는 분위기였다. 가라앉은 침묵에 숨소리만 들릴 뿐이었다.

긴장과 압박감, 그리고 두려움.

그러한 감정이 저 공간을 지배하고 있었다.

그만큼 석준의 분위기는 압도적이었다. 건우는 그 분위기 속에서 그가 살아온 세월을 얼핏 느낄 수 있었다. 힘들고 치열했지만 자신을 잃지 않던 삶이었을 것이다.

석준은 존경할 만한 인물이었다. 건우는 석준이 저 자리에 있는 것이 마치 자신의 일인 것처럼 자랑스러웠다.

하연이 침을 꿀꺽 삼키고는 노래를 부르기 시작했다. 팝송이었는데 톤이 좋고 꽤 풍부한 성량을 지니고 있었다.

그러나 그것이 다였다. 음정, 박자, 기교와 같은 부분은 현역 아이돌과 비슷할 정도로 뛰어났지만 무언가 딱딱하게 느껴졌다. 반복되는 기계적인 느낌은 어색함을 증폭시켰다.

건우는 그것이 무엇인지 알아차릴 수 있었다.

'감정인가?'

노래의 본질은 감정의 전달이 아닐까? 말로, 글로써 표현할 수 없는 감정을 전달하는 것이 주목적이 아닐까?

건우는 그렇게 생각했다.

감정.

옥선체화신공은 감정과 밀접하게 관련된 무공이었다. 경지가 낮아 제대로 활용하는 부분은 한정되어 있지만 이제 조금이나마 내력이 받쳐주니 새로운 것들을 느끼고 볼 수 있었다.

'음......'

건우는 옥선체화신공을 일으키며 하연을 바라보았다. 하연의 감정이 굳어 있는 것이 느껴졌다. 경지가 낮아 정확한 감정은 알 수 없었지만 굳어 있는 것은 확실했다. 오래된 습관들과 몸에 익은 노래의 기교들이 오히려 안 좋게 작용해 감정을 닫아버리는 것 같았다.

"그만."

노래를 들어보던 석준이 서류를 거칠게 내려놓았다. 표정이 좋지 않았다. 그러자 하연은 더욱 움츠러들었다.

"후우, 다시 해봐."

석준은 마지막 기회를 주었다.

하연은 더 긴장한 나머지 입술마저 떨리고 있었다. 건우가 보기에도 가능성이 없었다.

건우는 조금이나마 그녀를 도와주고 싶었다. 자신의 부족한 부분을 환기시켜 주고 깨달음을 준 것에 보답하고 싶었다.

은혜와 복수는 몇 배로 보답하는 게 건우의 방식이었다.

'그저 굳어 있는 것을 풀어줄 정도면 돼.'

건우는 옥선체화신공을 일으켰다. 단전에 있는 내력이 뜨겁게 느껴졌다. 미안한 말이었지만 리온에게 실험해 본 경험도 있기에 위험하지는 않았다. 방법 자체도 더 안전하게 할 생각이었다.

허공을 넘어 내력을 불어넣는 것은 화경 이상의 고수에게만 가능한 일이지만 옥선체화신공은 달랐다. 물론 거리가 멀다면 옥선체화신공의 기운이 약해져서 많은 부분이 손실되겠지만 운용에 큰 어려움은 없었다.

리온 때처럼 감정을 쑤셔 넣는 것이 아니라 굳어 있는 감정을 공명시켜 끌어 올려야 했다. 모든 내력을 사용한다면 완전히 감정을 뒤흔드는 것도 가능할 것이다. 하지만 리온의 건도 있으니 부작용이 없도록 그저 살짝 영향만 주는 정도면 되었다.

건우에게서 뻗어나간 파장이 하연에게 닿았다.

파장이 닿자마자 하연의 얼굴이 편안함으로 물들었다. 자신에게 다가온 무언가를 느낀 것인지 하연의 시선이 돌아가며 건우 쪽을 향했다.

그녀는 잠시 멍한 표정으로 건우를 바라보았다.

"뭐 해?"

"네? 아……."

하연이 석준에게로 시선을 돌리자 건우는 뒤로 빠졌다. 갑자기 감수성이 풍부해지지는 않을 테지만 무언가 달라질 계기는 되리라 짐작했다.

'어쩌면 내 무공은 나만을 위한 것이 아닐지도 모르겠군.'

건우는 잠시 진지하게 생각하다가 고개를 들었다. 그의 스승인 운선도인이 자신을 바라보고 있는 것 같았다. 건우는 피식 웃고는 걸음을 옮겼다.

석준은 조금 늦을 것 같으니 먼저 가서 기다리는 것이 나을 것 같았다.

*　　　　　*　　　　　*

하연은 4년 차 연습생이었다. 최근 YS에서 기획하고 있는 5인조 아이돌 그룹에 들기 위해서 매일매일 지옥 같은 하루를 치루고 있었다. YS에서는 인성을 먼저 보지만 능력이 바탕이 되지 않는 연습생은 살아남을 수 없었다.

연습생에 대한 지원은 풍부한 편이어서 생활에는 문제가 없었는데, 그것이 더 큰 정신적 스트레스로 작용했다. 안 좋은 평가에 대한 변명을 다른 곳에 돌릴 수 없었다.

어려서부터 천재라는 소리를 들었고 실제 예능 프로그램에 나가서 신동으로 소개되기도 했다. YS에 들어왔을 때는 자신보다 잘난 이들은 없다고 생각했다. 금방 데뷔할 수 있을 거란 근거 없는 자신감이 있었다. 그러나 현실은 그렇지 않았다. 전국 각지, 심지어 중국이나 일본에서 온 천재들이 모두 모여 있었다. 자신의 재능은 이곳에서 평범한 축이었고 자신감 있던 외모 역시 먹히지 않았다. 그래서 그런지 시간이 지날수록 위축되고 자신감이 사라지게 되었다. 이제는 레슨을 받을 때마다 기가 죽어 몸이 움츠러들 정도였다.

"오늘 기습 점검이래!"

"아, 큰일이네."

"망했다."

요즘 들어 느슨하게 해준 편이었다. 그러나 그 모든 것에는 이유가 있었다. 풀어준다고 풀어질 정도면 무엇을 하든 정상까지 올라갈 수 없을 것이다. 석준은 시험 준비하듯 막 준비하는 것보다는 평소에 착실하게 연습해야 한다 생각하고 있었다.

연습생 생활을 오래한 이들은 그것을 알기에 석준이 언제 점검할지 늘 두려워했지만 사람이라는 것이 그렇듯 편함에 익숙해지면 금세 망각하게 마련이었다.

하연은 누구보다도 평소에 열심히 연습했다. 외출도 반납하고 연습실에서 살다시피 했다. 부족한 안무 실력을 보충했고 목이 쉴 때까지 보컬 연습을 했다.

보컬이 자신의 최고의 강점이라 생각했지만 외국에서 자라고 그 문화를 배워온 연습생을 당해낼 수 없었다. 마치 DNA에 리듬감이 새겨진 것 같은 차이가 있었다. 한국적인 발라드는 감정이 중요했는데, 그녀는 아직 어렸고 너무 어린 나이에 연습생 생활을 시작해 감정적인 경험이 부족한 편이었다.

메인 연습실에 연습생들이 모였다. 여자 연습생에 한정된 것이기는 하지만 남자 연습생에게도 그 이야기가 갔는지 모두 긴장하며 연습을 시작했다.

석준이 정적 속에서 등장했다. 석준의 포스는 장난이 아니었다. 워낙 덩치가 커 웃지 않으면 마치 성난 곰을 보는 것 같아 위압감이 장난 아니었다. 과거 기타리스트로 활동했을 때 깡패들을 때려잡았다는 전설이 결코 거짓이 아닌 것 같아 보였다.

YS 안무가들이 연습생들의 프로필이 적힌 서류들을 가지고 왔고 의자와 테이블도 옮겨왔다.

하연은 석준의 모습을 보자마자 굳어버렸다.

"A조부터 보자."

하연은 A조였다. 그룹은 A부터 D까지 나눠져 있는데 A가 가장 실력이 좋은 조였다. 아래에서부터 승격을 하는 형식이었다. 그러나 A조라고 해도 방심할 수 없었다. 떨어지고 올라가는 것이 거의 일상이었기 때문이다. 그만큼 경쟁이 치열했다. 사생활이 복잡하거나 성격적인 측면에서 모난 이들은 애초부터 YS에 들어올 수 없었으니 대부분 착한 편이었다. 그랬기에 하연의 마음고생이 더 심했다. 악독했으면 미워할 수가 있을 텐데 모두 모난 곳이 없으니 결국 자신과의 싸움이었다.

A조부터 시작했다. 노래와 춤을 동시에 해야 했기에 호흡이 대단히 중요했다. 하연은 필사적으로 춤을 췄지만 석준의 시선에 절로 움츠러들었다. 다른 이들도 마찬가지였다.

"이따위로 할 거야?"

"……."

"안무가 하나도 안 맞잖아. 여태까지 뭐한 거야? 아주 살 판 났구만. 그동안 연습했으면 적어도 퇴보는 하지 말아야 할 거 아냐?"

석준의 얼굴이 일그러졌다. 하연은 아무 말도 할 수 없었다. 확실히 엉망이었다. 그랬기에 더욱 죄인처럼 고개를 숙일 수밖에 없었다. 그 긴장감과 압박감은 연습생이 감당하기에는 무리가 있었다.

개인 테스트가 있었다. 모두 다 볼 수는 없으니 가장 주목하고 있는 연습생을 찍어서 테스트를 했는데, 하연이 지목되었다. 하연은 떨리는 목소리로 팝송을 불렀다. 발음도 좋고 나름 리듬을 타며 애드립까지 넣었지만 석준의 표정은 좋지 않았다.

"그만!"

석준이 서류를 거칠게 내려놓자 하연이 움찔하며 뒤로 물러났다. 석준은 고개를 설레 젓다가 하연을 바라보았다.

하연의 자신감이 바닥을 쳤다.

"다시 해봐."

하연은 떨려서 입이 움직이지 않았다. 손이 부들부들 떨리고 있었다. 석준이 일부러 압박을 넣는 것도 있었지만 그동안 자신감을 잃은 것이 컸다.

하연은 침을 꿀꺽 삼켰다. 심호흡을 하며 입을 떼려 했지만 몸이 마비가 된 것처럼 말을 듣지 않았다. 석준은 그 모습에 실망할 수밖에 없었다. 이 정도 압박감을 이겨내지 못한다면 수많은 관객이 주는 압박감에 주저앉아 버릴 것이다.

하연은 이대로 끝인가 싶었다. 그러다가 왼쪽에서 따스함이 느껴져 옆을 바라보았다. 마치 햇살이 다가온 듯한 그런 느낌이었다. 연습실에는 창문이 있기는 하지만 가려져 있어 태양빛은 비치지 않았다. 게다가 따스함이 느껴진 쪽은 복도 쪽이었다.

하연의 눈빛이 커졌다. 동공이 확장되며 눈부심을 느꼈다. 누군가 자신을 바라보고 있었다. 그에게서 뿜어져 나오는 어떤 기류가 빛이 되어 보이는 것 같았다. 꿈을 꾸고 있는 것 같았다. 마치 환상을 보는 듯했다.

"아……"

순간 불안했던 감정이 사라지고 긴장이 풀렸다. 마음속에 굳어 있던 감정이 폭발하듯 치솟아 올랐다. 이렇게 격렬한 감정을 느끼는 것은 처음이었다.

칙칙하게 보였던 세계가 환하게 보이기 시작했다.

"뭐 해?"

"네? 아……"

석준의 목소리에 그를 바라보았다가 다시 고개를 돌렸다. 그곳에 있었던 누군가는 이미 사라지고 없었다.

천사? 잠시 꿈이라도 꾼 것일까? 위로해 주는 것 같은 따스하고 포근한 감각은 아직도 그녀의 가슴에 남아 있었다.

두려운 마음은 사라졌다. 굳어 있던 몸도 전부 풀렸고 석준에게 느꼈던 압박감도 더 이상 느껴지지 않았다. 떠오르는 노래가 있었다. 팝송이 아닌 발라드이기는 하지만 지금이라면 잘 소화할 수 있을 것 같았다. 늘 부르고 싶었으나 감정 표현이 어려워 시도하지 않았던 곡이었다.

하연은 테스트라는 것을 잊은 채 노래를 불렀다. 아직 한겨울이었지만 따스한 봄바람을 상상하며 노래에 푹 빠져 불렀다. 감정의 흐름에 따라 노래를 부르는 것은 처음이었다.

어떻게 불렀는지 생각이 나지 않았다. 정신을 차려보니 연습생들이 박수를 치고 있었고 석준이 흡족한 듯 고개를 끄덕이고 있었다.

"잘하잖아? 갑자기 잘하네? 어떻게 된 거야?"

"아… 빛이……."

"응?"

하연은 얼떨떨해 보였다.

석준의 기분이 확 좋아졌다. 오랜만에 따스한 느낌이 드는 노래를 들었기 때문이다. 아직 부족했지만 충분한 가능성을 보았다.

"그럼 여기서 마칠게."

석준이 시계를 보더니 더 이상 테스트를 진행하지 않고 자리에서 일어났다.

연습생들이 석준이 나가자 안도의 한숨을 내쉬었다. 그러다가 갑자기 시끄러워졌다.

"방금 봤어?"

"응! YS랑 계약했다더니 진짜 있었네."

"진짜 미쳤다. 와……."

하연은 연습생 동료들의 호들갑에 눈을 깜빡였다.

＊　　　　＊　　　　＊

6층에는 대표실과 미팅룸이 있었다. 엘리베이터를 타니 꽤 스타일리쉬하게 옷을 입고 있는 남자가 보였다. 건우도 TV에서 보았던 자였다. 아이돌 그룹으로 데뷔해서 이제는 YS의 대표 그룹이 된 실력파 아이돌 그룹, 빅붐의 리더였다. 아이돌이라고 하기에는 연식이 꽤 되었고 솔로 활동도 많아 요즘은 뮤지션이라는 말을 들을 정도였다. 실제로 작사, 작곡은 물론 프로듀싱까지 참여하고 있다고 한다. 인지도로 따지자면 리온보다 윗줄에 있을 것이다. 국내뿐만 아니라 아시아권에서도 팬층이 두터웠다.

지금은 그 혼자뿐이었는데, 아마 작업 때문에 사옥으로 온 것 같았다.

그는 건우가 들어오자 멍하니 건우를 올려다보았다. 건우는 일단 소속사 선배이기도 하니 먼저 인사를 건넸다. 꼭 그런 것만이 아니더라도 인사는 상대를 존중한다는 뜻이기도 했다. 강호에서도 보통 빈 두 손을 보이는 것으로 공격할 의사가 없다는 것을 나타내었으니 말이다.

"안녕하세요? 신인 배우 이건우입니다."

건우의 말에 그의 멍한 표정이 되돌아왔다.

"아… 네. 안녕하세요? 한별입니다."

"퍼스타 선배님, 노래 잘 듣고 있습니다."

한별은 퍼스타로 불렸다. 아이돌 그룹이 그렇듯 예명으로 활동했는데 한별과 상당히 잘 어울리는 이름이었다. 보통 이런 정상급 스타를 만나면 위축되게 마련인데 오히려 한별이 위축되어 보였다.

건우는 담담했다. 진희와 리온뿐만 아니라 여러 중견급 선배 배우들을 자주 겪어봐서 그런 것도 있지만, 마교의 교주나 무림맹주가 살아 돌아온다면 모를까 애초부터 건우를 긴장하게 만들 수 있는 자는 없었다.

전생의 기억을 찾기 전 한별은 건우의 롤모델이기도 했다. 빅붐이라는 그룹 자체가 워낙 유명한 것도 있었지만 연예인들의 연예인이라 불리는 퍼스타 한별은 그중에서도 더 특출했다. 아마 찾아보면 예전에 사놓은 앨범도 있을 것이다.

"개인적으로 팬인데, 다음 앨범은 언제 나오나요?"

"아… 그… 아마 내년쯤에 나올 것 같네요. 아직까지는 대표님 마음에 안 드신다고 해서요."

한별은 TV에서는 대단히 자신감 넘치는 인상이었지만 지금은 조금 낯을 가리고 수줍어하는 모습이었다. 한별도 6층에 볼일이 있는지 같은 6층에서 내렸다.

알고 보니 한별도 석준을 기다리는 모양이었다. 어색함을 풀고자 이런저런 이야기를 건넸다. 건우의 기세는 분명 압도적이었지만 옥선체화신공의 영향으로 사람을 편안하게 만드는 힘도 있었다.

한별도 어색함이 사라지니 의외로 말을 많이 했다.

"아! 미안, 좀 늦었다. 오! 한별이도 왔구나."

석준이 미팅룸으로 들어왔다. 석준의 표정은 밝아 보였다. 방금 전에 봤을 때의 살벌한 모습은 사라지고 없었다.

건우가 그 모습에 살짝 웃고는 입을 떼었다.

"좋은 일 있으신가 봐요?"

"하하, 너 오기 전에 연습생 애들 기습 중간 점검을 좀 했거든. 근데 좀 애매한 친구가 있었는데, 오늘 잘하더라. 가능성이 있어."

"그래요?"

"갑자기 빛이 뭐 어쩌고 그런 소리를 하는데… 음, 아마 감정이입 때문이겠지. 내가 지도했잖냐."

석준이 호탕하게 웃었다. 건우의 옆에 있던 한별이 살짝 한숨을 내쉬었다.

"대표님, 기타리스트 출신이시잖아요."

"서브 보컬도 했지."

"…제발 오디션 프로그램 나가서 디테일한 보컬 지적은 참아주세요."

한별의 말에 석준은 건우를 바라보았다.

"내가 이렇게 산다. 건우야."

"뭐, 좋아 보이네요."

둘은 상당히 친해 보였다. 하기야 연습생 시절부터 8년 이상 함께했으니 당연한 것일지도 몰랐다. 이번에 재계약도 망설임 없이 한 것을 보면 한별도 석준을 전적으로 신뢰하고 있다는 걸 알 수 있었다.

"둘이 서로 인사는 했나 보네. 이번에 건우 네가 부를 삽입곡 편곡을 한별이가 했어. 우리 회사 메인 프로듀서는 아니지만 이제 어느 정도 서브 역할은 하거든."

"영광이네요."

"하하, 건우야. 네가 들어보고 평가 좀 해주라."

"제가 어떻게 그럽니까? 번데기 앞에서 주름 잡는 것도 아니고……"

석준은 피식 웃었다. 그러고는 한별을 바라보았다. 한별도 그다지 기분 나빠하지는 않았다.

"한별아, 너 오늘 충격 좀 받을 거야."

"네?"

"요즘 좀 게을렀지?"

석준은 한별을 지긋한 눈으로 바라보다가 고개를 끄덕였다. 한별은 영문을 몰라 고개를 갸웃할 뿐이었다.

건우가 부를 노래는 원곡이 있는 노래였다. 온라인 음악서비스 사이트에서도 10위권 안에 들고 있었는데, 이번에 편곡할 기회를 맡게 되서 꽤 즐거운 작업을 했었다. 배우가, 그것도 신인 배우가 노래를 부른다기에 쉽게 가려고 했지만 석준에게 몇 번 까임을 당하고 최종 결과물을 완성할 수 있었다.

오늘 녹음 작업에는 석준도 관여하고 YS의 전문 디렉터 한 명과 한별이 참여하기로 예정되어 있었다. 그것만으로도 이번 작업에 엄청 신경 쓰고 있다는 것을 잘 알 수 있었다. 한별이 보기에는 과한 것 같기는 하지만 말이다.

"건우야, 너 근데 더 멋있어진 것 같다?"

석준은 신기한 듯 건우를 이리저리 바라보았다. 잠시 이야기를 나누다가 바로 녹음실로 갔다.

건우는 전날에 미리 곡을 받아서 들어보았다.

제목은 달의 노래였다. 여자 가수가 부른 노래였는데, 감정 표현이 일품이었다.

원곡도 마음에 들었지만 건우는 편곡한 곡이 더 좋았다. 원래 슬픈 분위기의 노래였지만 편곡을 거치면서 더 슬픈 느낌이 났다. 스토리상 건우가 겪게 될 슬픔을 대변해 주는 것 같았다.

녹음실은 건우가 상상한 그대로였다. 특별히 다른 것은 없었다. 건우는 예전에 가수를 지망했을 때 사비를 들여 데모를 만든 적도 있어 전혀 낯설지 않았다. 그렇게 디렉팅 비용을 지불하고 이 주 동안 라면만 먹었다. 그때 생각이 나자 웃음이 나왔다.

바로 안으로 들어갔다. 건우가 꽤 능숙하게 헤드셋을 착용하고 스탠딩 마이크를 조절하자 석준이 흡족한 듯 고개를 끄덕였다.

그냥 바라만 보아도 참으로 예쁜 그림이 나왔다.

석준은 저 말도 안 되는 모습을 하고 있는 건우가 자신의 소속사 배우라는 것이 너무나 기뻤다. 그냥 가만히 있어도 보물인데, 엄청난 천재성까지 지녔으니 그가 흥분하는 것은 당연했다.

한별도 건우의 모습을 보며 감탄했다. 해외를 돌아다니며 각종 파티에 초청받고 외국 배우들과의 만남도 꽤 많이 가졌지만 저런 압도적인 비주얼을 자랑하는 배우는 몇 없었다. 오히려 그들이 지니지 못한 우월한 무언가를 지니고 있었다.

'오징어 메이커가 맞네.'

부끄러워 밝히지는 않았지만 한별도 달빛 호수의 애청자였다. 리온이 마음에 들지 않아 보지 않으려 했지만 석준의 강력한 추천으로 볼 수밖에 없었다. 확실히 건우의 그 임팩트는 엄청난 것이어서 어째서 그렇게 화제가 되었는지 알 수 있었다. 엘리베이터에서 긴장한 것도 그런 건우의 살벌한 이미지가 떠올랐기 때문이다.

'절대 같이 사진 찍으면 안 되겠다.'

한별은 외국의 명품 의류 업체나 유명 디자이너가 직접 제작한 옷을 입고 있지만 옷은 옷일 뿐이라는 것을 절실하게 깨달았다. 건우가 평범한 차림을 하고 있어도 새로운 스타일로 보일 정도였다.

녹음이 시작되었다.

"일단 처음부터 시작하자. 네 느낌대로 쭉 불러봐."

석준의 말에 건우는 고개를 끄덕였다. 노래를 하는 사람에게 있어서 상당히 어려운 말이었다. 그러나 건우는 큰 부담이 없었다. 자신이 가수도 아닐뿐더러 앨범을 제작하는 것도 아니었다. 그저 잠깐 자신의 장면이 나올 때 나오는 삽입곡에 불과했다. 물론, 전곡을 녹음하기는 했지만 전부 다 쓰이지는 않고 중요 부분만 잘라 사용할 것이니 전혀 부담되지 않았다.

그것보다는 신기한 기분이 들었다.

'내가 YS에서 녹음을 하고 있다니……'

전생에서도 느낀 것이지만 역시 인생은 알다가도 모르는 것이었다. 앞으로도 어떻게 될지 궁금했다. 감히 짐작해 보자면 평범하게 굴러가지는 않을 것 같았다.

건우는 들리는 반주에 눈을 감고 옥선체화신공을 운용했다. 이제는 연기를 할 때나 노래를 부를 때, 마치 숨을 쉬는 것처럼 진기가 자동으로 반응하고 있었다. 입문 단계에서 벗어나 숙련 단계로 진입하고 있다는 증거였다. 내력만 충분하다면 대성하는 것도 가능해 보였다.

'슬픔이라……'

어머니를 잃었을 때의 슬픔, 석준이 죽을 때, 그리고 기억은 나지 않지만 가슴이 찢겨져 나갈 정도로 아팠던 적이 있었다. 죽음을 겪어본 그의 입장에서 죽음보다 더 두려운 것이 그러한 슬픔들이었다.

그렇기 때문에 부동심을 이룬 것일지도 몰랐다.

지독하게도 슬픈 감정이 그를 중심으로 흘러나왔다. 처음에는 잔잔한 파동이었다. 그의 내력과 합쳐지며 주변의 공기를 무겁게 끌어 내렸다.

입을 떼기도 전에 모두 건우의 모습에서 눈을 뗄 수 없었다. 마치 시선을 흡수하는 것처럼 건우에게 박혀 버렸다. 그와 동시에 굉장히 울적한 마음이 밀려왔다.

감정의 공명이 서서히 주변을 잠식했다.

"갈색 노을 아래……"

그의 입에서 첫 소절이 나오는 순간 잔잔했던 파동이 거세게 휘몰아치기 시작했다. 마치 물꼬가 트인 것처럼 슬픔이 사방에서 밀려들었다.

건우는 전생에 느꼈던 지독한 슬픔을 담아 가사로 옮겼다. 옥선체화신공은 가사에 감정을 불어넣고 생명을 불어넣어 주었다. 감정이 색감으로 변하여 머릿속에서 이미지를 그렸다.

건우는 내력을 아끼지 않았다. 옥선체화신공에만 의존하는 것이 아니라 처음으로 진심을 다해 불러보았다. 비록 가창 스킬들은 모자랐지만 완성되어 가고 있는 육체에서 나오는 소리는 재능이란 단어를 벗어나 있었다. 건우가 음공을 배웠다면 파괴적인 위력을 낼 수 있었을 테지만 이것만으로도 충분하다 못해 넘쳐흘렀다.

건우는 완전히 집중해 있었다. 오랜만에 맞이하는 무아지경이었다. 노래를 부르고 있지만 그는 가사와 음운이 만들어내는 색감 속에 들어가 있었다. 지독하게 차갑고 시린 그런 색이었다. 처절한 절망과 깊은 고통이 그의 몸을 떨게 만들었다.

첫 시작은 담담했다. 그러나 점점 클라이맥스에 이를수록 건우의 목소리는 거칠어졌고 그 속에 절망과 절규가 동시에 들어 있었다.

건우가 마지막 가사를 내뱉고 깊은 숨을 내쉬었다.

눈을 떠 보니 녹음 부스 밖에서 멍하니 자신을 바라보고 있는 시선이 보였다. 건우는 붉어진 눈시울이 멋쩍어 어색하게 웃었다.

'내력에 취하기는 오랜만이군.'

무공을 익힐 때도 내력에 취해 무리하게 움직이다가 고생한 적이 있었다. 지금 상황은 엄밀히 말하자면 감정의 기운이 깃든 내력에 휘둘린 것이지만 의외로 기분은 개운했다. 주화입마는 오지 않고 오히려 내력이 미세하게 늘어났다. 옥선체화신공의 운용이 익숙해지기는 했지만 아직까지는 완전하게 지배를 하지 못하고 있었다. 내력의 부족함과 막힌 혈맥 때문에 기의 세심한 컨트롤이 어려웠기 때문이다.

잠시 기다렸음에도 아무 말도 들리지 않았다. 어떤 노래를 들어도 눈시울을 붉힌 적이 없던 석준의 눈가에 촉촉함이 가득했다. 한별은 아예 의자에 푹 주저앉아 손으로 입을 막고 있었다.

건우는 잠시 기다리다가 무언가 잘못된 것 같아 먼저 입을 떼었다.

"죄송합니다. 조금 기분을 냈네요. 다시 갈까요?"

한별은 눈가를 닦았고 석준은 헛기침을 했다. 그러다가 한별이 먼저 박수를 쳤다.

"아, 음… 좋았어. 그… 조금 쉬었다가 하자."

건우는 고개를 끄덕였다. 석준과 한별은 노래를 듣는 것만으로도 숨이 가빠져 대단히 힘들었다. 건우는 들어오자마자 나간 것이 되었지만 토를 달지는 않았다. 다만 스스로 너무 내력에 취한 것이 아쉬울 뿐이었다. 그동안 노래 연습을 하지 않아 자신의 미숙한 부분이 느껴지기도 했다.

건우를 제외하고 모두가 노래의 여운에 빠져 있었다. 일반적인 녹음실에서는 보기 힘든 광경이었다.

"하하… 요즘 연습을 안 해서 좀 그랬죠?"

건우의 말에 모두가 그를 어이없다는 표정으로 바라봤다.

"건우야, 너 나랑 평생 가는 거다?"

"네? 아… 뭐. 저야 고맙죠."

"크으… 형이 더 잘해주마. 흐으윽."

석준은 건우의 두 어깨를 붙잡고 고개를 몇 번이고 끄덕였다.

녹음을 한 번 내지, 두 번 만에 끝내 버렸다는 이야기는 이름만 들어도 모두가 아는 가수들이 가진 전설적인 경험담이었다. 모두 생각했던 상상 이상을 보여주었기에 만들어낸 결과일 것이다. 지금의 건우가 바로 그러했다.

'저 목소리에 보정이 필요할까?'

그만큼 건우의 목소리는 특별했다. 독특한 것이 아니라 그냥 좋았다. 대단히 좋기 때문에 특별하다는 말이었다.

처음 녹음된 소리는 날것의 느낌이 강해서 다른 소리와 잘 섞기 위해 인공적인 요소를 넣을 필요가 있었다. 시중에 나와 있는 음악은 정돈이 잘되어 있는, 그런 소리들이 많았다. 그것이 바로 믹싱 작업이었다.

물론 다시 들어보고 후반 작업을 해야 하기는 했지만 따로 보정이 필요할 것 같지도 않았다. 오히려 건우가 보여준 모든 것을 담아내지 못하는 것이 아쉬울 정도였다.

한별도 충격을 받은 상태였다. 최근에 이별을 경험한 그는 가슴이 너무 아려오고 있었다. 건우의 목소리를 듣는 순간 오열이 나오는 것을 겨우 참아냈다. 옥선체화신공의 직접적인 영향권에 있었기 때문이기는 하지만 그의 상황도 한몫했다.

한별은 어려서부터 극찬을 받고 자라온 음악적 영재였다. 그 결과 초등학교 때 석준에게 발탁되어 연습생이 되었고 데뷔하자마자 주목을 받았다. 지금은 음악적으로도 인정받아 아이돌 이미지에서 탈피한 지 오래였다.

석준도 그런 한별을 존중해 음악적인 부분은 전혀 터치하지 않았다.

자만했다. 주변에서 잘한다고, 멋지다고 계속해 주니 현실에 안주한 것도 있었다. 때문에 정규 앨범은 뒤로 계속 미뤄졌고 그간 한별이 만들어낸 작업물들도 결과가 좋지 않았다. 멤버들도 개인 활동에 치중하고 있었다.

한별은 정신이 바짝 들었다. 이것이 노래라는 것을 깨달았다. 그동안 자신은 겉멋에 취해 그럭저럭 흉내만 내고 있었던 것이다. 어째서 석준이 충격을 받을 거라고 말했는지 이해가 되었다.

한별은 자리에서 일어나 건우에게 다가갔다.

"저기… 건우 씨."

"네?"

"꼭 한번 같이 작업해요."

건우는 한별에게서 왠지 리온의 모습이 겹쳐 보였다. 건우는 어색하게 웃으며 고개를 끄덕였다. 퍼스타 한별에게 이런 제의를 받는 사람은 대한민국에서도 찾아보기 힘들 것이다.

"안 돼."

석준이 그렇게 말하자 한별이 석준에게 시선을 돌렸다.

"건우는 신비주의로 갈 거야. 흐흐, 천천히 하나둘씩 보여 줄 거라고."

"아, 왜요? 피처링 정도는 괜찮잖아요?"

"안 돼. 우리 이 배우님에게 아이돌 묻히지 마라."

"와, 대박… 대표님, 차별 쩌네요."

한별은 어이없다는 듯 석준을 바라보았다. 석준은 한별의 그런 시선을 무시하며 건우에게 엄지를 추켜올렸다.

"건우야, 뭐 먹고 싶니? 고기 썰까?"

"아, 네."

왜인지 녹음은 뒷전인 것 같았다. 건우는 석준의 말에 눈을 깜빡이다가 고개를 끄덕이며 대답했다.

"건우 씨, 저도 같이 가요."

한별이 건우 옆으로 다가왔다. 석준은 건우와 한별을 번갈아 바라보았다.

"한별이 너 되게 못생겼다."

"아… 뭐… 인정합니다."

미소년틱한 외모로 많은 사랑을 받고 있는 한별이 건우를 힐끔 보고는 순순히 인정했다.

석준은 한숨을 내쉬었다.

"큰일이야. 우리 남자 연습생 애들이 눈에 하나도 안 들어와. 건우야, 책임져라."

석준은 눈이 너무 높아졌다며 고개를 설레 저었다. 기획사를 이끄는 대표로서 이성적인 평가를 내릴 수 없게 된 것은 대단히 치명적이었다. 근데 그 치명적인 것이 너무나 기분이 좋았다.

건우가 YS 소속이었기 때문이다.

좋은 분위기 속에서 작업을 진행했다. 다시 들어보면서 부족하다고 생각한 부분을 채워 넣었다.

자신이 녹음한 목소리를 들어보는 것은 가수가 아닌 건우에게는 늘 부끄러웠지만 이번에는 꽤 괜찮았다. 옥선체화신공의 역할도 대단히 컸다.

석준과 한별은 중독된 듯 몇 번이고 되돌려 들었다. 들을 때마다 새로운 기분이었고 감정은 더 밀려들어 왔다.

'음공을 익혀보는 것도 좋을 것 같군.'

음공의 구결을 알고 있기는 했다.

생각보다 싱겁게 YS에서의 첫 녹음이 끝났다. 잠깐의 방문이었지만 여러모로 YS라는 대형 기획사에 큰 영향을 주게 된 건우였다.

　　　　　*　　　　　　　*　　　　　　*

　리온.

　그룹 남자친구들에서 메인 보컬을 담당하고 있는 아이돌이
었다. YS에 빅붐이 있다면 SB에는 남자친구들이 있었다. 리온
의 작사, 작곡 능력은 꽤나 출중하다고 인정받고 있었는데, 전
앨범의 타이틀곡인 '남자의 눈물'도 그가 작사, 작곡한 곡이었
다.

　그는 일종의 관심병자였다. SNS에 올리는 사진은 손발이
오그라들 정도로 부끄러워 팬들이 제발 참아달라고 말할 정
도였다. SB에서도 관리에 들어갔는데 그는 꿋꿋하게 자기주장
을 펼쳤다.

　그러나 그의 그런 이미지가 바뀌기 시작했다. 중2병의 아이
콘에서 갑자기 쿨함의 대명사로 등극한 것이다.

　발단은 SNS 앱인 페이스클럽에 건우와 함께 찍은 사진을
올리기 시작하면서였다. 건우의 옆에 있는 그의 모습은 오징
어 그 자체였다. 얼굴로 데뷔했다고 소문이 파다했지만 그 사
진을 본다면 그가 마치 실력과 가수처럼 보였다.

　그런데 리온은 그것을 인정했다. 이미 새사람이 된 그가 건

우를 질투할 리 없었다. 오히려 건우의 잘남을 당연하게 여기며 흡족해할 뿐이었다. 그에게 행복함과 새로운 세계에 대한 깨달음을 준 것이 바로 건우였기 때문이다.

누구한테 말하면 비웃을 테지만 그는 진심으로 그렇게 믿고 있었다. 갑작스러운 마비로 인해 죽음에 가까워졌을 때 건우가 구해주었다. 건우에게서 빛이 뿜어져 나오며 자신을 기적적으로 살린 것이다! 그때의 그 느낌은 자신이 느꼈던 모든 행복이 가짜임을 알려주는 듯했다.

본인의 굴욕 사진을 올리며 시원하게 반응하는 모습은 대단히 신선했다. 요즘 건우에게 따라붙는 오징어 메이커라는 별명의 시초이기도 했다. 게다가 결국 들키고 말았지만 어쨌든 각종 기부 활동도 시작하니 철없던 이미지가 벗겨져 버렸다. 연기력이 꽤 좋아진 것도 한몫했다.

리온은 자신이 소유한 생고기 전문점에서 홀로 자리하고 있었다. 10시 이전에 가게 문을 닫았지만 오늘은 그렇게 하지 않았다.

"오빠, 우리 왔어."

"왔냐?"

SB의 대표 걸그룹 스위티의 리더 시연과 레이가 가게 안으로 들어왔다. 이제는 멤버들 모두 이십 대 중후반이 되어서 상큼한 매력은 없었지만 각자 솔로와 유닛 활동을 하며 인기

몰이를 하고 있었다. 예능에서도 자주 나와 고정까지 하는 멤버도 있었다. 시연은 LBC에서 '시연의 행복한 밤'이라는 라디오 프로그램을 진행하고 있었다.

리온이 무성의하게 대답했다. 여자 아이돌에게 늘 친절했던 리온의 모습이라고는 믿기지 않았다.

"오빠, 진짜 머리 다친 거 아니야?"

"왜?"

"요즘 클럽도 안 가고 촬영장이나 작업실에만 있잖아. 걱정되서 연락했더니 갑자기 가게에 있다고 하지 않나… 근데 뭐 하는 거야?"

시연은 리온이 하는 것을 바라보았다. 빔 프로젝터를 설치하고 있었다. 가게의 한쪽 벽에 스크린이 내려와 있었는데 이미 가게 창문에 블라인드까지 쳐놓았다.

"너희 달빛 호수 안 봤다고 했지?"

"으, 으응. 좀 바빠서. 드라마 볼 시간도 없고… 앞부분만 조금 보다 말았어."

"나도 해외 공연 다녀와서……."

리온은 시연과 레이를 바라보며 인자한 미소를 지었다. 리온이 시연과 레이를 부른 이유가 있었다. 다른 멤버들은 이미 달빛 호수를 봐서 이건우에게 푹 빠져 있었다.

오직 시연과 레이만이 그 영향권에서 벗어나 있었다. 마침 연락이 오길래 바로 부른 것이다.

"안 그래도 애들이 건우님, 건우님 거리던데. 사진 봤는데 장난 아니긴 하더라."

라디오 진행과 솔로 앨범 준비로 바쁜 시연이었다. 드라마를 보지는 않았지만 화제가 되고 있는 이건우에 대해서는 잘 알고 있었다. 확실히 궤를 달리하는 외모에 몇몇 사진은 저장해 놓기도 했다. 그러나 다른 멤버들처럼 완전히 빠져 살 정도는 아니었다.

리온이 자리를 잡고 앉자 눈치를 보던 시연과 레이도 자리에 앉았다. 어쨌든 리온은 데뷔 때부터 자신들을 챙겨준 선배였다. 영화라도 보는 것 같은 분위기에 시연이 리온을 바라보았다.

"영화? 맥주 먹어도 돼?"

"제일 비싼 거로 마음껏 꺼내 먹어라."

"오! 진짜 미쳤나 봐. 웬일이래."

시연이 피식 웃고는 맥주를 가지고 오자 리온은 리모컨을 조작했다. 나온 것은 영화가 아니라 드라마였다. 건우가 본격적으로 등장하고 리온 역시 비중이 꽤 많은 회차부터였다.

"달빛 호수?"

"오, 모니터링?"

시연과 레이는 피식 웃으며 맥주를 땄다. 시연과 레이는 예의상 1화 정도는 봐주고 집에 가기로 눈빛을 교환했다. 미드에 빠져 있는 시연은 한국 드라마를 조금 무시하는 경향이 있었다. 미국에서 스카우트되어 한국에 온 레이도 마찬가지였다. 별다른 생각 없이 스크린을 바라볼 때였다.

맥주 캔을 딴 채, 그대로 말이 없어졌다.

화면에 건우가 나타나더니 모조리 베어버렸다. 살벌한 눈빛이 스크린을 뚫고 자신을 바라보고 있는 것 같아 온몸이 오싹거렸다. 카메라를 향해 검을 휘둘렀는데, 시연은 자신이 베어지는 것 같아 움찔거렸다. 그 오싹하고 찌릿한 느낌은 드라마를 보면서 처음 느끼는 감각이었다. 시연은 손을 꽉 쥐며 스크린을 바라보았다. 그것은 레이도 마찬가지였다. 도중에 리온의 연기가 어색해 깨기는 했지만 화를 거듭할수록 무난히 극에 녹아들었다.

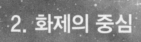

2. 화제의 중심

건우가 자객단주에서 선비로 위장하여 진희와 만났을 때는 비명을 지를 뻔했다. 뻔한 스토리이기는 하지만 건우의 비주얼이 그 뻔한 스토리를 특별하게 만들었다. 같이 비를 맞다가 창고로 들어가 비를 피하는 모습, 그리고 이어진 달달한 신은 상상 그 이상이었다. 무언가 에로틱한 행위를 한 것이 아니었지만 그 분위기가 너무나 묘했다.

　허당 기 넘치면서도 가끔 진지한 모습을 보이는 건우는 선비 복장과 너무 잘 어울렸다. 일각에서는 꽃선비라 불렸는데 그 이름이 오히려 부족할 정도였다.

리온은 수단과 방법을 가리지 않는 복수귀가 되었지만 건우는 진희 덕분에 독기가 빠져갔다. 리온의 복수에는 진희의 지인들도 얽혀 있었는데 리온은 복수에 미쳐 진희를 완전히 잊어버렸다. 어렸을 때의 첫사랑은 그렇게 깨졌다.

박 대감은 리온이 완전히 살아 돌아온 것을 알고 이제 이용 가치가 없는 진희를 제거하려 했다. 자객을 보내고 건우에게 알렸지만 건우는 숨겨놓은 칼을 찾으면서도 갈등했다. 그러다가 건우가 선물한 노리개를 꼭 쥐고 있는 진희를 보자 건우는 조용히 검을 강에 버렸다.

자객단주를 상징하는 검이었다. 그 복잡한 감정이 절실하게 느껴졌다. 마치 스크린 속에 자신이 있는 것처럼 감정이 요동쳤다.

그때 노랫소리가 흘러나왔다. 건우가 부른 OST였다. 너무나 절절한 목소리에 눈시울이 절로 붉혀졌다. 그야말로 미친 음색이었다. 짧게 삽입된 곡이지만 도저히 잊을 수 없었다. 건우가 부른 것임을 알게 되자 더 놀랄 수밖에 없었다.

시연은 다급히 리온의 어깨를 잡았다.

"이, 이거 노래 뭐야?"

"달의 노래인데, 아직 건우 후배님 버전 음원은 안 나왔어."

"왜? 어째서?"

"늦어도 다음 주에는 나올 걸? 하도 음원으로 내달라고 극성이라……."

"원곡보다 백만 배 좋은데."

시연의 말에 리온 역시 동의했다. 퍼스타가 편곡했다는 것이 짜증 나기는 했지만 그래도 인정할 것은 인정해야 했다.

다음 화가 이어졌다. 시연과 레이가 리온에게서 아예 리모컨까지 빼앗았는데 리온은 이해한다는 듯 흐뭇한 미소를 짓고 있었다.

모두가 스크린에 순식간에 빠져들어 갔다.

드디어 자객들이 습격했다. 진희의 손에 이끌려 이리저리 도망치던 건우는 결심을 한 듯 손을 뿌리치고 뒤로 돌았다. 진희가 빨리 도망치자고 외치다가 순식간에 주변을 포위한 자객들의 모습에 얼굴이 새파랗게 변했다.

자객이 건우의 옆을 지나치려는 순간이었다. 건우가 손을 뻗어 자객의 목을 잡고 비틀었다. 떨어지는 검을 낚아채더니 순식간에 두 명을 베어버렸다.

"쩐다."

"와아!"

액션이 너무나 깔끔하고 멋있었다. 특히 영상미가 죽여줬다. 검에 묻은 피를 털어내는 모습은 고수의 풍모가 풍겼다. 자객들이 화들짝 놀라며 건우에게 달려들었다. 건우가 순식간에 검들을 쳐내며 자객들을 베어갔다. 과장된 액션이 아니라 진짜 실전 검술을 보는 것처럼 절도 있었다.

건우가 벽을 차고 도약하는 모습은 이질감이 전혀 없었다. 순식간에 여럿을 베고 바닥에 착지하자마자 검을 던졌다. 검이 회전하며 날아가 진희의 옆을 스쳐 지나갔다.

털썩!

진희를 죽이려던 자객의 가슴에 검이 꽂혔다. 자객의 피로 범벅이 된 건우가 고개를 들어 진희를 바라보았다. 진희의 눈빛이 흔들리는 순간이었다.

화면이 확대되면서 배경음악이 나왔다. 다음 이 시간을 알리는 화면이었다.

"왜 여기서 끝나!"

"다음 화는?"

시연과 레이가 리온의 어깨를 붙잡고 흔들었다. 리온은 감상에 젖어 흔들림에도 평온한 표정을 짓고 있었다. 리온은 불쌍한 중생을 보는 것처럼 시연과 레이를 바라보았다.

"다음 주를 기대하도록."

"꺄아악!"

"안 돼!"

테이블에 털썩 엎어지는 시연과 레이였다. 시각은 늦은 새벽이었다. 오랜 시간 동안 앉아서 봤음에도 순식간에 시간이 지난 것처럼 느껴졌다.

시연은 바로 핸드폰을 꺼내 이건우를 검색했다. 건우의 사진이 나오자 다시 여운에 젖기 시작했다. 주섬주섬 정리하기 시작한 리온을 바라보며 입을 떼었다.

"오빠, 사인 받아다 줘."

"안 돼."

"왜?"

"건우 후배님 손목 아프실 듯."

너무나 당당하게 말하는 리온의 말에 시연은 벙찐 표정이 되었다.

시연은 숙소로 돌아가서도 한동안 멍한 표정이었다. 그러다가 아침이 올 때까지 포털 사이트를 뒤적이며 달빛 호수와 이건우에 대한 모든 것을 찾아보았다.

검색하면 검색할수록 점점 빠져들어 가고 있었다.

이상형 1순위는 이미 바뀐 지 오래였다. 아마 절대 부동의 1위가 되지 않을까 싶었다.

여담으로 진행하는 라디오 프로그램에서 이건우를 이상형 1순위로 밝혔는데, 그게 화제가 되어 검색어를 오르락내리락하게 만들었다. 이건우 팬클럽에서 그녀의 아이디를 발견했다는 목격담도 올라오고 있었다.

*　　　　*　　　　*

바쁜 가운데 시간이 빠르게 흘렀다.

이제 달빛 호수는 종영을 향해 질주하고 있었다.

건우와 진희의 로맨스, 드라마를 초월한 액션 영화급 액션 신이 부각되며 시청률 30%를 찍게 되었는데, 퓨전 사극으로서는 역대급이라는 평가가 대부분이었다. 사전 제작 드라마와 케이블 드라마의 강세 속에서 지상파로서는 가뭄에 단비같은 존재였다.

이렇다 보니 건우에 대한 관심은 뜨거웠다. 예능에서도 계속 섭외 제의를 보내왔고 각종 광고와 차기작 문의가 줄을 이었다. 건우는 출연에 대한 것은 전적으로 석준의 의견에 따랐다. 석준은 예능 출연은 최소화하는 방향으로 가고, 광고 역시 품격 있는 것 위주로 골라 찍자고 제의했다. 몸값 올리기에 열중하고 있는 것이다. 보통 인지도가 적은 연예인이라면 무조건 예능이나 작품에 나가서 인지도를 올려야 했지만 건우는 달랐다.

가만히 있어도 매일매일 화제가 되었다. 오히려 이미지 소비를 줄이기 위해서라도 이런 결정을 하는 것이 더 노련해 보였다.

SNS를 통해서 진희와 리온, 그리고 다른 조연 배우들이 시청률 공약에 나섰다. 35%를 넘게 되면 달빛 호수의 분장을 하고 프리 허그를 할 것이라는 말이었는데, 건우는 딱히 참여할 의사를 밝히지 않았다.

주변 환경은 많이 변했지만 건우의 일상은 크게 변하지 않았다. 달빛 호수 촬영도 안정권이라 일정이 타이트하지만 휴식도 충분한 편이었고 그것과는 별개로 체력적인 측면에서는 전혀 문제가 없었다.

가장 큰 변화가 있다면 집을 서울로 옮긴 일이었다. YS의 기숙사에 머물게 되었는데 혼자 살기에는 많이 넓은 곳이었다. 건우는 월세를 구한다고 했지만 석준이 어차피 빈 곳이라면서 강제로 끌고 오다시피 했다.

한강과 가까운 곳에 있어 좋은 기운이 풍부한 곳이었다. 건우는 무엇보다도 그것이 마음에 들었다. 예전에 반지하의 단칸방에서 월세살이를 했을 때보다 훨씬 좋은 환경이었다. 전기비나 가스비도 YS에서 부담을 하니 건우는 부담이 적었다. 게다가 기본적인 가구들도 모두 있었다. 컴퓨터도 구비되어 있었다. 최근에는 현생에서 자주했던 게임을 깔아보기도 하면서 휴식 시간을 보냈다.

'인기라… 크게 실감은 안 나는데.'

촬영과 수련만을 반복해서인지 큰 체감은 없었다. 한상진이 잘 챙겨줘서 거리에 나갈 일도 별로 없었다. 자신의 기사도 조금은 현실성이 없게 느껴지기도 했다.

아무튼 달빛 호수의 인기가 더욱 많아지자 건우의 수련은 더욱 탄력이 붙었다. 건우에 의해 공명되었던 기운들이 건우를 향해 빨려 들어왔다. 분명 손실이 많았지만 자연의 기보다는 많은 양이었다.

건우는 창가에 앉아 옥선체화신공을 운용했다. 건우는 전보다 더 짙어진 기운에 크게 놀랐다. 건우에게 몰려온 기운은 밀도가 더 높아져 있었다. 자연의 기와는 달랐지만 그것과 비등할 정도의 순수한 정기였다. 눈을 감아 느껴보니 마치 은하계의 중심에 있는 것 같이 느껴졌다. 그 기운이 품은 감정들이 별빛처럼 반짝였고 긴 무리를 이루며 건우에게 빨려 들어오고 있었다.

'음? 전보다 더 많아졌네.'

건우가 달빛 호수에 본격적으로 출연하고 나서 기운은 조금씩 상승할 뿐이었다. 하지만 지금은 달랐다. 더욱 많아졌고 그 흐름은 더 격해져 있었다. 마치 소나기로 불어난 강물을 보는 것 같았다.

건우는 긴장했다. 몰려온 기운들이 흩어질 생각을 하지 않고 건우에게 계속해서 빨려 들어왔기 때문이다. 한꺼번에 많은 기운을 받아들일 수 있을까 의문이 들었지만 건우는 멈추지 않았다.

어쨌든 넘어서야 하는 고비였다. 앞으로 더 몰려오는 기운이 많아질 텐데 이 싸움을 회피했다가는 큰 발전을 이룰 수 없을 것이다. 조금 위험하지만 미래를 위해 그릇을 늘리는 것이 최선이었다.

건우는 경계를 가라앉히고 기운을 받아들이기 시작했다. 그러자 호흡을 따라 기운들이 밀려들어 왔다. 마치 강에 빠진 것 같은 느낌이었다. 건우는 기운을 단전으로 인도한 뒤 막혀 있는 혈맥을 향해 돌렸다. 20년이 넘는 세월 동안 노폐물로 막혀 있던 혈맥은 강철문처럼 굳건했다. 그러나 건우의 정신적 깨달음이 강철문을 여는 열쇠가 될 수 있었다. 기운만 충분하다면 말이다.

오늘이 바로 그 적기임을 건우는 깨달았다. 발전할 시기는 뜻하지 않게 찾아오는 법이었다. 오늘을 놓친다면 다음은 더욱 힘들 것이다.

건우는 차분하게 진행했다. 이미 전생에 화경에 이르렀던 경험이 있었다. 그 깨달음은 주화입마를 막아줄 것이다.

불어난 강물이 좁은 통로를 질주했다. 닫혀 있던 혈맥이 강물에 밀려나는 모래성처럼 뚫리기 시작했다. 혈맥이 뚫리는 순간 그 충격으로 인한 고통이 온몸으로 퍼져 나갔다. 정신을 잃을 정도의 고통이었지만 건우는 능히 참아낼 수 있었다. 전생에서 생살을 포 뜨는 고문까지 견뎌낸 건우였다. 혈이 뚫리자 건우의 피부에 검은 액체들이 송글송글 맺혔다. 혈맥에 쌓여 있던 탁한 기운들이 노폐물과 합쳐지며 밖으로 배출된 것이다.

건우의 내력이 순식간에 배 이상 증가했다. 비록 임독양맥을 타통하는 시도는 할 수 없었지만 그것을 생각할 수 있다는 것 자체가 고무적이었다. 내공이 일 갑자에 이르게 되면 그 이상의 경지를 넘보는 일도 가능할 것이다.

현실 세계의 초인.

그것이 탄생할지도 몰랐다. 지금도 충분히 초능력자 반열에 들기는 하지만 말이다.

"후우."

건우는 호흡을 내뱉으며 내력을 갈무리했다. 단전에 묵직하게 쌓인 내공이 든든하게 느껴졌다. 이 기세라면 몇 년 안으로 임독양맥을 타통할 수 있을 것 같았다. 처음에는 늙어 죽을 때까지 무리라고 생각했지만 지금은 아니었다. 어쩌면 전생보다 더 높은 경지로 나갈 수 있을지도 몰랐다.

건우의 머릿속에 환골탈태가 떠올랐다.

'환골탈태… 전설의 경지이기는 한데……'

온몸이 새롭게 재구성된다고 하는데 전생에서도 전설이라고 여기는 견해가 대부분이었다. 그러나 현대인의 시각으로 보면 이미 내공도 있는 마당에 그런 경지가 있어도 이상하지 않았다.

이성적으로 생각해 보아도 가능한 이론이었다. 다만 환골탈태를 이룰 정도의 내력과 깨달음이 따라주어야 한다는 전제가 있기는 할 것이었다.

아직 본래의 경지를 찾은 것도 아니지만 건우는 욕심이 났다. 더 열심히 작품 활동을 하고 많은 이들의 마음을 움직일 수 있다면 그의 경지는 더욱 빠르게 올라갈 것이다.

'돈도 벌고 수련도 하고 좋네.'

돈을 벌 뿐만 아니라 능력도 강화하고 건강도 챙기니 그야말로 일석삼조였다. 꾸준히 수련만 한다면 젊은 모습을 오랫동안 유지할 수 있을 것이고 늙더라도 건강하게 늙을 수 있었다.

그러나 건우는 불멸을 이루겠다든지 하는 바람은 전혀 없었다. 가르침에 따라 순리대로 살다 갈 것이다.

'가질 수 없는 기운들은 놔줘야지.'

아직도 건우의 의지에 따라 주변의 기운들이 소용돌이치고 있었다. 책상이 덜덜 떨릴 정도로 격렬한 기운이었다. 욕심을 버리는 것은 쉬운 일이 아니었다. 특히 건우에게 있어서 무공을 향한 집착은 그 어떤 것보다 강했다.

잠시 눈을 감았다 뜨는 것으로 욕심을 버렸다.

소실되는 기운이 아깝기는 하지만 언젠가 모두 담을 수 있을 것이기에 미련을 떨쳐냈다. 건우는 몸 위에 맺힌 진득한 노폐물을 보고는 바로 욕실로 들어갔다.

욕실은 넓었다. 전신을 볼 수 있는 거울까지 있고 욕탕도 있었다. 욕실이 좋은 것치고 구비된 물품은 단순했다. 샴푸 하나와 비누, 그리고 칫솔과 치약이 다였다.

전생에는 호신강기를 두르고 있어 먼지가 전혀 쌓이지 않았고 내력으로 탁기들을 모두 태워 몸에서 발생하는 노폐물도 전혀 없었다. 그때가 그립긴 했다.

'음……?'

욕탕을 보니 언뜻 기억이 떠오르는 것 같았다. 누군가와 함께 좁은 욕탕에 들어간 적이 있었는데, 너무나 행복한 시간이었다. 그 충만한 행복이 건우를 잠시 멍하니 서 있게 만들었다.

그 누군가의 얼굴은 도저히 떠오르지 않았다.

여자인 것은 확실했다.

건우는 고개를 갸웃거리다가 피식 웃었다.

'주화입마? 음, 욕구불만은 아닌데. 하긴, 나는 젊지. 스물셋이니, 뭐…….'

남자가 여자를 생각하는 것은 자연스러운 일이었다.

자연의 순리였다. 옥선체화신공의 묘리에서도 그 점을 찾아볼 수 있었다. 피부에 달라붙은 노폐물들을 닦아내고 거울을 바라보았다. 그럭저럭 괜찮은 육체가 되어 있었다. 수행을 열심히 한 보람이 있었다.

미모도 한층 업그레이드되어 인간을 벗어나려 하고 있지만 건우에게는 그런 부분이 크게 와닿지 않았다.

이처럼 옥선체화신공의 경지가 심후해지면 심후해질수록 신체에 변화가 일어났지만 좋은 쪽으로 바뀌는 것이니 큰 신경은 쓰지 않았다. 전생의 몸과 비교하자면 좀 더 유려한 면이 있었다. 그때는 외공도 익혀 상당히 우락부락했고 흉터가 대단히 많았다.

간단히 씻고 나오자 톡이 와 있었다.

—승엽: 야ㅋㅋㅋ, 너 l위했더라. ㅋㅋㅋ적당히 해먹어ㅋㅋㅋ.

—건우: 뭔 소리야?

—승엽: 오늘 너 음원 공개된 거 6개 음원 차트 전부 l위임.

그러고 보니 음원이 공개된다고 했다. 본래 음원 발표 계획은 없었지만 요청이 많아 긍정적으로 검토했는데, YS에서 적극적으로 추진한다고 들었다. 1위라니 조금 얼떨떨하기는 했다. 노래는 반쯤 포기하고 있었는데 이런 식으로 반응이 좋으니 황당하기까지 했다.

—승엽: 나도 다운받았다.

—건우: ㅇㅇ.

—승엽: 반응 자비 좀…….

—건우: 굿.

승엽이 이외에도 톡이 와 있었다. 석준은 장문으로 축하한다는 말을 전했고 리온은 조금 과한 표현을 하며 격하게 축하해 주었다. 자기가 밥을 사겠다며 조만간 식사 한번 하자는 말에 건우는 조금 고민하다가 승낙할 수밖에 없었다. 리온도 개과천선해서 더 이상 밉상은 아니었고 오히려 귀여운 구석이 있기는 했다. 촬영장에서도 자신에게 말을 절대 놓지 않고 후배님, 후배님 하며 따라다니고 있었다. 건우는 지은 죄가 있어 반성하는 마음으로 잘 대해주고 있었다.

진희는 그것을 탐탁지 않아 했지만 이제는 그냥 그 반응을 보며 고개를 설레 저을 뿐이었다.

"응?"

고인숙 작가에게 톡이 와 있었다.

―고인숙: 건우 씨, 축하해요. 잘 될 줄 알았어요. 저도 보고 울었답니다. 다음에도 꼭 건우 씨와 작업하고 싶네요. 구상해 놓은 것들이 있는데 메일로 보내 드릴게요! 건우 씨는 장르 불문하고 다 잘 어울릴 것 같아요!

건우는 감사하다는 말을 보냈다.

부재중 전화를 보니 진희의 전화가 있었다. 전화를 해보니 잠시 통화음이 울리다가 연결이 되었다. 무언가 굉장히 시끄러운 소리가 들렸다. 주변에서 여성들의 소리가 크게 들렸는데 진희가 진정시키고 있었다.

—건우야, 집이니?

"아, 응."

—1위 축하해! 아! 조용히 좀!

"어딘데 그래?"

—아, 여기, 저번에 거기!

"또 달리는구만."

건우는 피식 웃었다. 진희는 술을 너무 좋아했다.

—야! 나와라! 축하주 마셔야지! 너 내일 스케줄도 없잖아.

"아닌데. 나 바쁜데."

—다 알아. 이번에 계약 날짜 정하면서 석준 오빠한테 물어봤거든. 흐흐. 내 친구들 소개시켜 줄게.

안 나오면 쳐들어오겠다는 기세였다. 마침 심심하기도 했고 가게도 가까운 편이었으니 가보는 것도 나쁘지 않아 보였다.

'몇 정거장이었더라?'

걸어가기에는 상당히 멀었지만 운동 겸 뛰어가 보는 것도 괜찮을 듯했다. 물론 운동이라는 말은 남들과는 조금 다른 기준이었다.

건우는 가벼운 차림으로 갈아입었다. 협찬 제의도 많이 들어오고 있었고 코디가 외출할 때 입으라며 가져온 옷도 있었지만 그래도 편한 옷이 좋았다. 그래도 나름 예전보다는 세련되고 깔끔한 옷이었다.

배우는 보여주는 직업이기 때문에 옷차림도 신경 써야 한다는 석준의 말이 떠올랐기에 후줄근한 복장은 버린 지 오래였다.

집에서 나와 엘리베이터를 타지 않고 계단으로 향했다.

"후우."

진기를 끌어 올리며 혈맥을 따라 순환시켰다. 진기의 유통이 원활해져 효율이 무척이나 좋아졌다. 진희가 부르지 않았더라도 아마 시험해 보려고 나가지 않았을까 싶었다.

경공을 써서 계단을 빠르게 내려갔다. 이제는 내력이 받쳐주고 진기의 운용이 쉬워졌기에 속도는 더 빨랐고 안정감 있었다. 아마 세계 선수권대회에 나가면 신기록 달성은 물론이고 인외 취급을 받을 것이다.

계단을 내려오다가 3층 정도에 이르자 복도 창문을 통해 그대로 밖으로 뛰어내렸다. 가볍게 바닥에 착지한 후 전력으로 질주하기 시작했다. 늦은 밤이라 오가는 사람은 없었고 가로등 불을 피해 어둠에 파묻혀 나아갔기에 눈에 잘 띄지 않았다. 대단히 빠르게 달려 나가는 것치고는 소리가 거의 들리지 않았다.

담을 넘어 그대로 달려 나갔다. 프리 러닝을 하는 것과는 비교도 안 되는 속도였다. 높은 담을 그대로 넘으면서 오히려 벽을 박차고 앞으로 튕겨져 나갔다.

'초상비도 어느 정도 흉내 낼 수 있을 것 같은데.'

풀 위를 달리는 경공은 일류 무인이라도 쉽게 시전할 수 없는 것이었다. 허공을 격해서 나아가는 허공답보라는 논외의 경지와는 비교할 수 없었지만 초상비는 상승 무학에 속했다.

"하하!"

작은 구조물들을 모조리 넘으며 달려 나갔다. 오랜만에 느끼는 해방감에 웃음이 나왔다. 드넓은 평원을 달리는 것과는 다른 매력이 있었다. 건물과 건물 사이를 뛰어넘으며 검을 겨루었을 때의 기분이 나는 것 같았다.

치이익!

도로에 도착하자 빠르게 멈추었다. 건우가 멈추자 바람이 휘몰아치며 바닥에 있던 전단지들이 펄럭였지만 신경 쓰는 사람은 없었다.

"후우, 개운하네."

땀은 나지 않았지만 몸이 풀려 개운했다. 도로가로 나오니 오가는 사람이 많았다. 한강 근처라서 그런지 한결 여유가 있는 모습이었다.

건우는 전신으로 한강을 느껴보았다. 맑은 기들이 감돌고 있었지만 그 맑은 기들 사이에 탁한 기들이 섞여 있었다. 내력이 심후해져 기감이 더 발달되어서인지 명확하게 느낄 수 있었다.

한강처럼 큰 강은 땅의 생명을 대변해 주기도 했다.

'좋네. 그래도.'

강에는 낭만이 있었다. 건우는 적어도 강을 그렇게 기억했다. 강을 바라보고 있을 때 힐끔거리는 시선들이 느껴졌다.

"맞지? 맞지?"

"오, 장난 아니야."

주변을 지나던 사람들의 시선이 건우에게 몰린 것이다. 건우는 사람들의 시선을 피하며 진희가 있는 가게로 향하기 시작했다. 기감을 끌어 올리며 시선을 피하니 몰려오는 사람들은 없었다.

자신의 이름을 언급하는 목소리들이 들리니 기분이 묘해졌다. 인기가 체감이 되었기 때문이다.

조금 흐뭇하기도 해서 살짝 웃음을 머금었다.

마침 진희에게서 전화가 걸려왔다.

—어디야?

"응, 가고……."

건우의 말이 멈췄다.

불길한 기분이 들었다.

기감을 최대한 끌어 올리고 있어서 주변 사람들의 감정을 어렴풋이 느낄 수 있었는데, 너무나 어둡게 느껴지는 감정이 밀려들어 왔다.

천천히 건우의 고개가 돌아갔다. 건우의 눈에는 마치 어둠에 휩싸여 있는 것처럼 보였다. 칙칙하고 끈적이는 어떤 것들이 피부로 느껴졌다.

교복을 입은 소녀였다. 어깨가 축 처진 채 걷고 있었는데 교복이 눈에 띄었다.

'저 교복은…….'

건우가 너무나 잘 아는 교복이었다. 바로 건우의 가게 근처에 있는 진양예술고등학교의 교복이었다. 너무나 어두운 마음은 기운이 되어 소녀의 주변에 감돌고 있었다. 내공이 깊어지고 옥선체화신공의 경지를 한 단계 더 끌어올려서인지 색감처럼 그것을 느낄 수 있었다.

소녀에게서는 절망과 좌절밖에 보이지 않았다. 그것이 온몸을 잠식하고 있었다. 그러한 어둠은 마치 사신처럼 소녀의 몸 위에서 이글거렸다.

'서울까지 온 이유가 있을까? 학원?'

학원을 온 것 같지는 않았다. 가방도 없었기 때문이다. 자세히 보니 교복이 여기저기 뜯겨져 있는 것이 보였다.

―여보세요?

"조금 있다가 다시 전화할게."

―어? 응, 알았어.

소녀가 육교를 오르고 있었다. 소녀와의 거리는 꽤 되었다. 건우는 핸드폰을 넣고 바로 소녀에게로 뛰어갔다. 육교를 오를수록 어두운 감정이 더욱 강해졌기 때문이다. 주변의 시선이 몰리는 것을 느낄 새도 없이 육교를 올랐다.

"꺄아아악!"

"뭐야!"

소녀가 난간에 섰다. 소녀를 발견한 차량들이 다급히 속도를 늦췄지만 그때는 이미 소녀의 한 발이 허공을 딛고 있었다.

타앗!

생각보다 몸의 반응이 더 빨랐다. 건우는 난간을 뛰어넘어 소녀의 팔을 잡았다. 그리고 한 팔로 난간의 밑 부분을 간신히 잡았다.

"후우."

건우는 간신히 안도의 한숨을 내쉬었다. 빠르게 달리던 차량들도 서서히 멈추었다. 고개를 내려 소녀를 바라보니 소녀가 동그랗게 눈을 뜨며 자신을 바라보고 있었다.

'몸을 풀어놓길 잘했군.'

소녀를 잡았던 팔을 끌어 올려 품에 안았다. 주변에 있던 시민들이 달려올 때였다.

끼익!

잡았던 난간 부분이 녹슬어 끊어졌다. 육교는 꽤 높아서 건우 같은 사람이 아니라면 큰 부상을 입을 수도 있었다. 건우는 소녀를 품에 안고는 내력을 끌어 올리며 몸을 보호했다.

'이 정도는 아무것도 아니지.'

떨어지는 순간에 웃기게도 잡생각이 났다. 전생에서 건우는 오지랖이 꽤 있어서 참견하다가 구르고 깨지는 것은 거의 일과였다. 건우는 현생에 와서도 자신은 자신이구나 하고 생각했다.

건우는 그대로 떨어졌다. 도움을 줄 목적이었는지 다가온 차량 덕분에 아스팔트 위에 떨어지지는 않았다.

퍼엉!

그 대신, 승용차의 앞부분에 떨어졌다. 승용차의 앞 유리가 금이 갔고 보닛이 찌그러졌다. 내력으로 몸을 보호한 덕분에 큰 피해는 없었지만 누가 봐도 큰 상처를 입을 만한 상황이었다. 건우의 팔에 상처가 나며 피가 흘러나오기는 했으나 보이는 것만큼 중한 상처는 아니었다.

예전 같았으면 침 바르고 말 정도의 상처였다. 오히려 보호하고 있던 소녀의 뼈에 금이 갔다.

"꺄아악!"

"떨어졌어!"

"어떡해!"

비명이 들렸다. 건우는 숨을 내쉬며 웅크렸던 몸을 풀었다. 정신을 잃은 소녀의 모습이 보이자마자 맥을 짚어보았다. 상처를 입기는 했지만 목숨에 지장이 있을 정도는 아니었다.

"괘, 괜찮으세요?"

차에 타고 있던 운전자가 나오며 건우에게 물었다. 운전자는 얼굴이 새파랗게 질려 있었고 몸이 덜덜 떨리고 있었다. 그런 광경을 목격했으니 당연한 결과였다.

건우는 몸을 일으키며 보닛 위에서 내려왔다. 소녀를 바닥에 눕히고는 운전자를 바라보았다.

"119에 신고 좀 해주세요. 부탁드립니다."

"네? 아, 네!"

건우는 팔의 상처를 힐끔 바라보다가 혈을 짚어 지혈했다. 이럴 때면 호신강기가 절실하기는 했다. 내력으로 몸을 보호해도 한계가 있었기 때문이다.

건우는 소녀의 상태를 살펴보았다.

'음?'

검은 감정들이 소녀의 전신에 감돌고 있었다. 특히 머리 쪽에 많이 몰려 있었는데, 기혈을 따라 이동한 것 같았다. 주화입마 상태와 비슷했다.

절망적인 감정이 이성을 마비시키고 극단적인 선택을 하게 만든 것이 분명했다.

'흡수할 수 있을까?'

이대로 놔두면 또다시 안 좋은 선택을 할 것 같았다. 절망적인 감정은 거센 기운이었다. 탁한 기운이기는 했지만 옥선체화신공으로 충분히 정화할 수 있을 것이란 자신감이 있었다. 그러한 것도 감정의 한 축이었기 때문이다. 건우는 소녀에게서 검은 감정을 흡수했다. 그 감정들은 아주 오랫동안 소녀의 몸에 머물러 있었는지 가슴 부근에 내단을 형성하고 있었다.

꽤 많은 기운이었다. 그 내단을 받아들인 후 녹여서 자신의 기운으로 만들 수 있을 것 같았다. 건우는 옥선체화신공을 운용하며 소녀의 검은 내단을 받아들였다.

소녀의 찡그려졌던 인상이 눈에 띄게 좋아졌다.

"후우."

묵직한 내단의 기운이 느껴지자 건우는 호흡을 내뱉으며 진기를 끌어 올려 내단을 진정시켰다. 내단은 금세 단전 부근에 자리 잡더니 천천히 녹아내려 가기 시작했다.

건우는 소녀의 상처가 난 부분도 지혈했다.

'이 정도면 되었겠지.'

소녀에겐 출혈이 심한 부분도 있어 응급조치가 필요했다.

경찰이 긴급 출동하고 구급차가 다가왔다.

주변 시민들이 몰려와 있었다. 건우가 몸을 일으키니 박수가 터져 나왔다. 핸드폰을 들고 있는 시민들을 보자 건우는 곤란한 표정이 되었다. 그래도 소녀가 큰 상처를 입거나 죽는 것보다는 나았다. 게다가 자주 본 교복을 입고 있는 학생이었다.

손상이 된 차의 주인이 멍한 눈으로 자신을 바라보고 있는 것이 느껴졌다.

"차는……."

"이, 일단 병원부터 가세요."

"감사합니다."

건우는 차량 주인에게 양해를 구했다. 소속사의 전화번호를 기억하고 있어 그것을 남겨주었다. 일단 건우의 신분은 확실한 편이었고, 지금은 생명이 우선이라 생각했기에 차량 주인은 오히려 건우와 소녀를 걱정했다.

구급대원이 다가와 소녀를 들것에 실었다. 다른 대원이 건우에게 다가왔다.

"괜찮으세요?"

"네, 저는 괜찮습니다."

"이건우……? 아! 죄송합니다."

크게 놀란 듯 보였다. 건우가 쓴웃음을 지으며 고개를 끄덕이자 정신을 차린 구급대원이 구급차로 건우를 이끌었다. 건우의 팔에 난 상처를 보고는 응급조치를 해주었다. 구급차의

문이 닫히고 병원으로 긴급히 이동하기 시작했다.

"아……."

건우는 주머니에 넣어놓았던 핸드폰을 꺼내보았다. 완전 박살 나 있었다.

＊　　　＊　　　＊

건우는 바로 응급실로 실려가 치료를 받았다. 그냥 집에 돌아가도 되었지만 소녀의 일도 있으니 조금 곤란했다. 찢어진 상처가 꽤 컸지만 내력으로 다스리면 큰 문제는 되지 않았다. 그러나 의사가 보기에 가벼운 상처는 절대 아니었다. 조금 대기하다가 신경에 손상이 갔는지 검사까지 한 후에 봉합했다.

"꽤 아프시겠는데요? 좋은 일을 하셨습니다."

"아… 네."

소문을 들었는지 의사가 그렇게 말했다. 간호사들이 몰려와 있는 것이 보였다. 응급실 밖으로 나오자 석준이 헐레벌떡 달려왔다. 건우가 핸드폰을 빌려 한상진에게 연락을 했는데 한상진이 보고한 모양이었다.

"건우야!"

"여긴 어쩐 일이세요?"

"네가 다쳤다는데 와야지! 괜찮냐?"

건우는 붕대를 감은 팔을 들어 보였다.

"긁힌 정도예요."

"들어보니까 차 위에 떨어졌다며! 야, 바로 입원해라. 정밀 검사 받고……."

"아, 괜찮아요. 내일모레 촬영도 있으니……."

"촬영이 문제냐, 지금."

건우는 몇 번이고 괜찮다고 석준에게 말했다. 그러나 결국 입원해서 정밀 검사를 받을 수밖에 없었다. 석준의 힘으로 바로 큰 병원으로 옮겨서 입원 절차를 밟았다. 정밀검사는 바로 다음 날 받게 되었다.

석준은 사고 처리를 YS에서 다 알아서 할 테니 다른 생각은 하지 말고 푹 쉬라고 했다.

건우는 VIP 1인 병실에 있는 자신을 보며 한숨을 내쉬었다. 술 먹으러 나갔다가 이게 무슨 고생인가 싶었다.

'전생에 무슨 죄를 지어서.'

그런 생각을 하자 웃음이 나왔다. 이것도 업보라면 업보일 것이다. 건우는 이제 조금 안심했는지 한숨을 내쉬는 석준을 바라보았다. 급하게 왔는지 몰골이 말이 아니었다.

"그 아이는요?"

"아… 뭐, 괜찮대. 그 학생 부모님이 찾아와서 울고불고 난리도 아니라더라."

"심각해 보이던데……"

"집에 유서까지 써놓고 나왔대. 지속적으로 괴롭힘당해서 죽으려고 했다는데… 생각보다 일이 커질 것 같아."

왕따, 괴롭힘.

그것이 소녀를 그런 감정으로 몰아넣었던 것이다. 그 섬뜩하고 어두운 감정은 죽음과 닮아 있었다. 전생에서조차 보이지 않던 것이 보이고, 느낄 수 없던 것들이 느껴지니 조금 적응이 안 되기는 했다.

아무튼 상황이 이렇게 되었으니 건우도 경찰 조사를 받아야 했고 차량 파손에 대한 책임이나 보상도 가려야 했다. 이럴 때 석준이 옆에 있으니 너무나 든든했다.

'도움만 받는군. 나도 아직 멀었어.'

건우가 고개를 설레 저을 때였다. 문이 벌컥 열리며 누군가 다급하게 들어왔다. 숨을 헐떡이며 안으로 들어온 사람은 진희였다.

달려왔는지 땀범벅이었다.

"거, 건우야! 흐윽!"

진희가 울면서 건우에게 다가왔다.

"왜 울어?"

"흐어엉, 나 때문에……"

"뭔 소리야?"

건우가 피식 웃으며 말하자 진희의 눈에서는 닭똥 같은 눈물이 떨어지기 시작했다.

"흐어엉, 내가… 흐윽, 나오라고만, 흐으윽, 하지 않았으면… 어떡해……."

"참나. 초상났어? 그만 울어라."

울고 있는 진희에게 석준이 그렇게 말했다. 진희는 석준의 말에 더 크게 울다가 석준을 바라보며 핸드폰을 꺼냈다.

"건우가 죽는 줄 알았단 말이에요!"

"죽긴 누가 죽어?"

석준은 진희의 말에 대답하며 진희가 내민 핸드폰 화면을 바라보았다. 그곳에는 사고 당시에 찍힌 영상이 흘러나오고 있었다.

난간 위에서 소녀가 떨어질 때 건우가 몸을 날려 소녀를 잡았다. 그리고 마치 영화처럼 손을 뻗어 난간을 잡고 대롱대롱 매달렸다.

난간이 뜯어지고는 바닥에 떨어졌다. 석준은 비명이 나오려는 것을 겨우 참아냈다. 승용차의 보닛 위에 떨어져 차 유리가 금이 가고 보닛이 찌그러지는 것이 보였다. 핸드폰의 사양이 너무나 좋아진 시대라 그런지 선명하게 아주 잘 보였다.

석준의 입이 떠억 벌어졌다. 설마 이 정도 상황이었을 줄은 몰랐던 것이다. 이건 정말 죽었다고 해도 할 말이 없었다.

"거, 건우야! 주, 죽지 마라!"

"흐어엉, 건우야!"

건우는 둘을 바라보며 한숨을 내쉬었다.

몸은 멀쩡했고 상처도 이미 회복세에 들어서고 있었다. 아마 옅은 흉터 정도만 남을 것이다. 멀쩡한데 그걸 알려줄 방법이 없으니 답답하기는 했다. 그래도 자신을 이렇게 걱정해 주는 진희와 석준의 마음이 느껴지니 기쁘기도 했다.

"조용히 넘어갈 수 있을까요?"

건우가 묻자 진희와 석준이 서로를 바라보더니 동시에 고개를 가로저었다. 건우는 눈을 깜빡이다가 고개를 끄덕일 수밖에 없었다.

*　　　　*　　　　*

건우는 정밀 검사를 받고 빠르게 퇴원했다. 덕분에 달빛 호수의 촬영 스케줄이 바뀌어서, 제작진에게 일일이 통화해 사죄의 뜻을 전했다. 그러나 누구도 건우를 탓하지 않았고 오히려 잔뜩 흥분하며 격려를 하거나 걱정을 해주었다. 특히 리온은 건우가 퇴원하기 전에 문병 선물을 잔뜩 들고 찾아와 이래저래 분위기를 시끄럽게 만들었다.

석준은 YS에서 대응팀을 꾸려 즉각적으로 대응했다. 이번

일은 건우에게 있어서 결코 나쁜 일이 아니었다. 오히려 엄청난 홍보 기회였고 좋은 이미지를 확고하게 굳힐 계기가 되었다. 공중파 뉴스를 통해 건우의 영상이 돌아다녔는데, 소녀의 얼굴에 일부 모자이크가 되어 있기는 하지만 건우의 모습은 그대로 드러나 있었다.

폭발적인 파급력이 미칠 수밖에 없는 영상이었다. 그도 그럴 것이 끔찍한 사고이기는 하지만 건우가 몸을 날리는 모습은 액션 영화처럼 화려했고 차에 부딪치는 임팩트도 엄청났다. 영상도 대체로 깔끔해 영화 속의 한 장면이라고 봐도 무방할 정도였다.

LBC에서도 집중적으로 보도를 했다.

[LBC 뉴스데스크]

앵커: 자객하면 살벌하고 냉정한 그런 모습이 떠오르시죠? 실제로도 그런 직업입니다. 하지만 그 배역을 맡은 배우는 전혀 그렇지 않았습니다.

이명희 기자 보도를 보시죠!

리포터: 9일 저녁 11시 20분 경, 갑자기 교복을 입은 여학생이 육교를 올라갑니다. 힘없는 걸음으로 올라가더니 순식간에 난간 위에 오릅니다. 주변을 지나던 시민들은 경악을 금치 못했습니다.

시민 음성1: "어, 어어어?"

시민 음성2: "꺄악!"

여학생이 뛰어내리는 순간, 난간을 박차고 누군가 달려듭니다. 바로 LBC 달빛 호수에 출연하여 화제가 되고 있는 배우 이건우 씨입니다.

난간에 매달렸지만 추락하여 차 유리와 보닛에 부딪힙니다. 주변에 있던 시민들이 비명을 지르고 순식간에 아비규환이 되었습니다.

[김태욱(26세)/대학생]

"펑 하는 소리가 들렸어요. 순식간에 상황이 벌어졌는데 차 유리가 완전히 망가지고 보닛이 찌그러졌던데요. 거기서……."

영상에 찍힌 차량을 보면 당시의 상황을 짐작할 수 있습니다. 차량 주인인 운전자 김형준 씨의 빠른 대처도 눈에 띕니다.

김형준 씨는 당시의 상황을 생생하게 기억하고 있습니다.

[김형준(43세)/충돌 차량 주인]

"순간적으로 뭐라도 해야겠다는 생각이 들었어요. 차를 밑에 대니까 바로 떨어져서… 그 배우분이 여학생을 감싸고 떨어졌는데요. 딱 봐도 엄청 심할 정도로……."

부상을 입은 와중에도 여학생에게 응급처치를 하고 침착하게 대응하는 모습도 카메라에 잡혔습니다.

이건우 씨는 현재 구성대학교 병원에서 치료를 받고 퇴원한 뒤 바로 촬영장으로 향했다고 합니다. 해외에서도 이 사건을 관심 있게 보도하여 화제가 되고 있습니다.

한편, 여학생 이 모 양이 택한 비극적인 결정에는 학교에서의 집단 괴롭힘이 결정적인 작용으로 확인되었습니다. 관련자들의 처벌과 학교 폭력에 대한 대응 마련이 시급해 보입니다.

LBC 뉴스 김준우입니다.

그러한 뉴스가 나가고 미튜브와 SNS에는 모자이크 없이 날 것 그대로의 영상이 돌아다니고 있었다.

YS에서는 선의에서 한 행동이니 여학생을 위해서라도 더 이상 화제가 되지 않았으면 한다는 건우의 공식 입장을 내놓았다.

그러나 쉽게 가라앉을 리가 없었다. 현실에서는 쉽사리 볼 수 없는 엄청난 광경이었고 건우의 날렵한 모습은 달빛 호수에 나왔던 자객과 겹쳐 보였기 때문이다. 네티즌들은 한국에서 비밀리에 키우는 비밀 병기라는 등의 우스갯소리를 내놓았다.

3. 종영

당연하게도 건우의 팬들이 급격히 늘어나기 시작했다.

소녀에게서 내단도 흡수하고 내력으로 인해 자체 회복력이 급격히 상승해 있어 상처는 거의 다 나은 상태였다. 촬영장의 스태프들 모두가 영상을 본 상태였기에 건우의 상태를 걱정했다. 건우가 아무렇지도 않게 촬영에 임하고, 오히려 스태프들을 배려해 주자 감동하기까지 했다.

그러한 와중에 시청률은 33%를 돌파했다. 건우가 부른 곡은 음악적인 활동을 전혀 하지 않았음에도 음악 사이트에서 계속 1위를 차지했고, 실제로 한 음악 프로에서 1위를 하기도 했다. 물론 건우는 촬영을 하고 있었기에 그곳에 갈 수 없었고, YS의 방침에 따라 무대에 오를 계획도 없었다.

건우의 별명도 상당히 많아졌다.

오징어 메이커, 현존자객, 최고 존엄 배우, 꽃선비, 현실판 맨 오브 스틸, 꿀목소리, 취미로 음원 1위를 하는 배우 등의 별명은 모두 건우를 지칭하는 말이었다.

요즘은 건우주신이라는 별명으로 굳어지고 있었다.

아무튼 여러모로 경사가 겹친 달빛 호수와 건우였다.

*   *   *

소녀의 사건으로 촬영이 미뤄진 덕분에 바쁘게 시간을 보내야만 했다. 달빛 호수도 더욱 탄력을 받아 계속해서 시청률이 올라갔다. 16부작인 달빛 호수도 어느덧 종영을 향해 달려가고 있었다.

건우는 촬영을 하면서 틈틈이 내단을 녹였고, 그 결과 모두 녹아 건우의 내공으로써 완벽히 자리 잡았다. 흡수한 감정은 건우의 옥선체화신공에 담겨 있어 언제든 꺼낼 수 있었다. 그것은 대단히 위험한 무기였다. 그 새까만 감정을 전력으로 불어넣는다면 그 대상은 좌절과 절망을 이기지 못하고 스스로 목숨을 끊어버릴 것이다.

내공을 다룰 수 있는 무인이나 정신적 깨달음을 얻은 자라면 방어해 낼 수 있겠지만 현대사회에서는 분명 드물 것이다.

'연기에 참고하는 것 외에는 사용하는 일이 없어야겠지.'

건우는 자신의 힘이 가진 위험성을 잘 알았다. 그것을 긍정적인 방향으로 사용할 필요성을 인지했다. 소녀를 구하면서 든 생각이었다. 자신이 아니었으면 소녀는 죽었거나 불구가 되었을 것이다. 건우는 소녀를 구한 것이 우연이 아니라 어떤 업일지도 모른다고 생각했다.

'너무 확대해석하는 것일 수도 있지만……'

자신이 할 수 있는 일을 했다는 것이 중요했다. 소녀와 만날 기회가 있었는데 다행히도 소녀는 웃음을 보여주었다. 소녀의 부모님들도 경제적인 부분에서는 책임을 졌지만 밝은 모습이었다. 그 사건을 계기로 가족의 관계가 오히려 더 돈독해졌기 때문이다. 관련자들도 확실하게 구속되었고, 건우가 그 감정들을 깨끗하게 없애주어 소녀도 밝아져 있었다.

건우는 노란빛의 따스한 감정을 느낄 수 있었다.

'배우가 되고 싶다고 했지.'

자신과 같은 배우가 되고 싶다고 말했는데 기분이 묘했다. 건우는 배우에 대한 어떤 직업적인 자부심이 없었다. 전문적인 지식도 떨어지는 편이었다. 배우가 된 것도 우연한 사건이 점점 크게 굴러가더니 얼떨결에 된 것이었다. 그런데 소녀가 자신을 배우라고 하면서 자신처럼 되고 싶다고 하니 기분이 묘해졌다. 기쁘기는 했지만 조금은 미안한 그런 기분이었다.

솔직하게 평가하자면 돈과 무공을 위해서 배우를 하는 것이었다. 어떤 직업적 소신이 있는 건 아니었다. 건우는 이제라도 최선을 다해봐야겠다고 생각했다. 지금까지 어설픈 마음가짐으로 임했다는 것이 창피하기도 했다.

"야, 너 왜 이렇게 피부가 좋냐?"

진희가 가만히 앉아 내부를 관조하며 생각에 빠져 있던 건우에게 말했다. 건우는 눈을 떴다. 진희가 핫팩과 대본을 들고 서 있었다. 내리는 눈과 진희의 모습은 대단히 잘 어울렸다.

"어디 아픈 거 아니지?"

"안 아파."

진희의 걱정에 건우는 피식 웃었다. 진희는 복장에 가려진 건우의 상처 부위를 걱정스럽게 바라보고 있었다.

'눈 내리는 갈대밭이라… 좋은 기억이 있지는 않은데.'

건우는 마지막 화의 액션신을 찍기 위해 지방을 순회하면서 야외 촬영을 하고 있었는데, 현재 평원에 와 있었다.

눈이 쌓인 갈대밭이었는데 꽤 장관이었다. 건우는 갈대밭에서 감도는 깨끗한 기운을 취하기 위해 잠시 운기조식을 취했다가 그대로 내부를 관조하며 깊은 생각에 빠졌던 것이다.

옥선체화신공의 묘리로 하는 축기는 외부 간섭에 대해 대단히 안전한 편이어서 접촉이 있다고 해서 주화입마에 빠지거나 하지는 않았다. 다만 감정이 섞인 기운이 아니면 축기가 느리다는 것에 단점이 있었다.

"으흐흐."

진희가 아저씨 같은 웃음을 지으며 건우의 볼을 손가락으로 문질렀다. 건우의 피부는 잡티 하나 없이 깨끗했다. 모공이 실종된 것 같은 모습이었다. 좋기만 한 것이 아니라 탄력이 있었다.

밤샘 촬영에도 기름기가 전혀 느껴지지 않았고 오히려 더욱 깨끗해지는 것 같은 건우의 모습이었다. 유난히 붉은 입술이 매력적이었다. 옥선체화신공의 긍정적인 효과였다.

"사진 찍자. 올려도 되지?"

"맘대로 해."

진희와 건우가 나란히 앉아 셀카를 찍으려 했다.

"으억!"

그 모습을 보고 다급하게 달려온 리온이 갈대밭에 자빠졌다. 둘은 상관하지 않고 사진을 찍었다. 눈이 꽤 많이 와서 종아리까지 이르렀는데, 액션 연기가 꽤나 힘들 것 같았다. 건우에게는 해당되지 않는 이야기이기는 했지만 말이다. 그러나 무술 감독과 액션배우들은 최고의 장면을 만들겠다는 의지로 가득 차 있었다.

마지막 촬영이다 보니 고인숙 작가와 촬영이 없는 다른 중요 배우들도 도착해 있었다.

엔딩신은 이미 다른 곳에서 찍었고 스케줄의 가장 마지막인 액션신을 찍는 것이었다. 본래는 스튜디오 녹화를 끝으로 촬영이 마무리되는 것이었지만 건우의 부상으로 인해서 액션 촬영이 미뤄졌기 때문이다.

이 신에서 건우는 죽음을 맞이하게 된다. 리온은 누명을 벗었고 신원을 회복했다. 박 대감도 죽었지만 리온은 더욱더 복수에 집착해 조금이라도 관련 있는 모두를 죽이고자 했다. 특히, 건우는 리온의 주변 인물을 죽인 자객이어서 더욱 건우를 죽이고자 했다. 게다가 진희에 대한 배신감 역시 대단해 그녀 역시 죽이려 했다. 한때는 사랑했지만 지금은 자신을 배신하고 자객단주와 놀아난 여자라 생각했기 때문이다. 거기에 진희의 부모가 박 대감과 관련이 있었다는 것도 한몫했다.

건우는 진희를 보호하다가 리온이 이끌고 온 병사들을 모두 죽이고 리온과 동귀어진을 하는 것으로 최종화에서 퇴장했다. 진희 역시 건우의 시체를 안고는 그 자리에서 얼어 죽게 된다.

요즘은 보기 드문 새드 엔딩이었다. 건우가 합류하기 전에는 리온과 진희가 행복한 결말을 맞이하는 것이 엔딩이었지만 건우에 맞춰서 고인숙 작가는 내용을 완전히 바꾸었다. 기이하게도 예전에 짜놓았던 스토리보다 지금이 훨씬 탄탄하고 좋았다. 앞부분에 깔아놓은 장치들이 예기치 않게 반전 역할도 하는 등 운이 좋기도 했다.

"촬영 들어갑니다!"

FD의 목소리가 들려왔다. 보조 출연자들이 자리 잡고 액션배우들이 몸을 풀었다. 김태유 PD와 무술 감독 역시 마지막 화에서 가장 화려한 액션을 만들어내기 위해 신경이 날카로워져 있었다.

건우는 무술 감독 정문운과 전체적인 동선을 체크했다. 정문운은 전적으로 건우의 의견을 따라주고 있었다. 그동안 건우가 보여준 것도 있고 무술의 깊이가 자신을 훨씬 능가하고 있음을 인정했기 때문이다. 게다가 소녀 사건으로 인해서 건우에 대한 평가는 하늘의 끝을 찔렀다. 그 정도의 몸놀림을 보여주는 것은 최고의 액션배우라도 힘든 일이었다. 몸놀림도 몸놀림이지만 액션배우로서 갖춰야 할 배짱과 용기는 흉내 낼 수 없는 것이었다.

"건우야, 괜찮겠어?"

"네, 문제없습니다."

"좋아."

정문운은 건우를 보며 흡족한 미소를 그렸다. 마지막 화의 액션신 분량은 마지막답게 상당히 긴 편이었다. 정문운으로서도 버겁게 느껴질 정도였는데, 클라이맥스 부분은 롱 테이크로 갔다. 한 번 실수하면 시간은 그렇다 치더라도 체력적으로 많이 부담이 갈 것이다.

때문에 건우와 액션배우들은 본격적인 촬영에 들어가기 앞서 리허설을 했다. 리허설이 끝나고 드디어 본격적인 촬영이 시작되었다.

'이 검과도 마지막이군.'

건우가 들고 있는 검은 꽤 정교하게 제작된 가검이었는데, 날이 서 있지 않다 뿐이지 꽤 좋은 축에 속했다. 균형도 그럭저럭 잘 맞았고 검날의 길이도 적당해 건우의 손에 잘 맞았다.

이번에 건우는 화려함에 치중한 검법보다 조금은 투박하지만 거친 검법을 쓸 예정이었다. 처절함을 더욱 부각시키기 위한 수단이었다.

큐 사인이 들어가고 마지막 촬영이 시작되었다.

건우와 진희가 갈대밭을 달리는 것으로 첫 장면이 시작되었다. 건우와 진희가 쫓기듯 달려가다가 진희가 비명 소리와 함께 넘어졌다. 화살이 날아왔기 때문이다. 화살이 날아오는 장면은 CG로 처리될 예정이고, 넘어지자마자 분장팀이 다가와 상처 입은 분장을 했다.

맨살이 드러나서 상당히 추워 보였다.

"으, 추워!"

진희는 건우가 핫팩을 쥐어주니 배시시 웃고는 살짝 눈을 뭉치더니 건우의 얼굴에 던졌다. 건우의 검이 빠르게 올라가 검면으로 눈덩이를 튕겨냈다.

"으협! 퉤!"

눈덩이는 그대로 진희의 입에 들어가 버렸다. 건우와 주변 스태프들이 소리 내어 웃자 진희는 어이없는 표정이 되었다가 결국 웃었다.

"으… 보드카 마시고 싶다."

"끝나고 종영 파티 하잖아."

"흐흐, 감독님들! 오늘 걸어서 집에 못 갈 줄 아세요!"

진희는 건우의 말에 그렇게 외쳤다. 진희의 주량을 알고 있는 김태유 PD와 정문운, 그리고 조감독을 포함한 모두가 몸을 떨었다.

외로움과 추위에 바들바들 떨고 있는 리온은 잊힌 지 오래였다.

본격적인 액션신 촬영이 시작되었다.

더 이상 걸을 수 없는 진희를 바라보던 건우는 진희의 앞을 막아서며 검을 빼 들었다. 검집을 바닥에 떨구는 모습은 대단히 결연해 보였다.

말에서 내린 리온이 비릿한 표정을 지으며 건우를 응시했다. 리온의 연기도 꽤 좋아져서 어색하지는 않았다. 그것만으로도 장족의 발전이었다.

병사들이 달려들기 시작했다. 쌓인 눈이 진격에 방해가 되었지만 오히려 그 점이 더욱 처절한 장면을 연출하게 만들어주었다.

지잉!

내력을 끌어 올리자 검명이 흘러 나왔다. 건우는 수많은 병사들을 맞이해 처절하게 싸우기 시작했다. 병사들을 거칠게 베고 발로 찼다. 몸을 회전시키자 눈들이 비산하며 눈보라를 만들어냈다. 그 속에서 거친 액션이 이어졌다.

그 과정에서 건우는 피범벅이 되었다. 물론 실제로 베인 것이 아니라 분장이었다. 건우는 상처 입은 분장을 하고 롱 테이크로 가는 액션신 촬영에 돌입했다.

리온을 포함한 다른 병사들과 처절하게 싸우는 신이었다.

옥선체화신공이 감정의 공명을 만들고 있었다. 건우의 투기와 공명에 반응해 액션배우와 리온의 눈빛이 살아났다. 진짜 전쟁에 있는 것처럼 살벌한 분위기가 되었다. 지켜보는 정문운 무술 감독과 김태유 PD도 손을 꽈악 쥐었다. 카메라 감독도 영향을 받아 거친 숨을 내쉬었다.

건우의 검이 움직였다. 눈을 가르며 나아가는 검은 리허설을 했을 때보다 빨랐다. 상대하는 액션배우들의 감각도 최고조로 끌어올려져 있어 반응할 수 있었다.

검과 검이 오가며 처절한 액션이 시작되었다. 피투성이가 된 채 하얀 눈밭을 구르니 눈이 분홍색으로 바뀌다가 점점 색이 짙어졌다. 때마침 내리는 눈들이 몽환적으로 어울렸다.

"크악!"

"컥!"

액션배우들은 과장된 사망 대신 건우의 진짜 살기에 반응하며 그대로 풀썩 쓰러졌다. 진짜 검에 맞은 것처럼 느껴 몸이 굳은 액션배우도 있었다. 넘어지고 구르고 찌르고 베는 난전이 이어졌다.

리온과 서로를 마주 보다가 서로를 찌르는 것으로 액션신이 마무리되었다.

그리고 누워 있는 건우에게 다가와 진희가 오열했다. 날이 너무 추워 몇 번의 NG 장면이 있었다. 눈물이 볼에 얼어붙었는데, 그 장면을 그대로 살리며 진희는 열연했다.

건우가 피식 웃으며 진희의 볼에 입을 맞추고는 그대로 고개를 숙였다. 진희는 건우를 끌어안고는 눈물을 흘렸다. 건우의 옥선체화신공 덕분에 감정 몰입이 확 된 진희는 그야말로 인생 연기를 보여주었다.

"컷! 오케이!"

"와아아아! 정말 고생하셨습니다!"

짝짝짝!

길었던 달빛 호수의 모든 촬영이 마무리되었다. 스태프들과 모든 배우들이 손뼉을 치며 홀가분한 미소를 지었다. 건우도 웃음을 머금었다. 성취감이 대단했다. 얼떨결에 시작하기는 했지만 이 일이 마음에 들었다. 여럿이서 이렇게 하나의 작품을 만들어가는 과정은 많은 정을 느끼게 했고 작은 위대함마저 느끼게 했다.

이렇게 작품을 만드는 것처럼 이 세상도 그렇게 만들어진 것인지도 몰랐다.

"누나."

"응?"

"콧물이 얼었어."

"내 콧물은 1급수야."

건우의 말에 그렇게 말하며 진희는 코를 훌쩍였다. 리온은 은근히 건우에게 다가와 휴대폰을 들이밀었다. 건우는 진희와 리온과 함께 사진을 찍었다.

"하하! 건우 후배님, 정말 고생하셨어요."

"아닙니다."

"종영 파티는 저희 가게에서 하는 거 아시죠? 제가 모두 부담하니 꼭 끝까지 남아 계셔주세요!"

"네, 감사합니다."

진희는 리온을 바라보며 살짝 눈썹을 찡그렸다.

"선배는 안 보이냐?"

"하하, 선배님도요!"

"오늘 죽었다 생각해!"

"기대하겠습니다."

진희의 말에 리온이 씨익 웃으며 진희를 도발했다. 꽤 친해진 둘의 모습에 건우는 피식 웃었다. 시작은 안 좋았지만 그래도 끝은 괜찮은 편이었다. 건우는 스태프들에게 수고했다고 인사를 했다. 잠시 모두 모여 기념 촬영을 했고 메이킹 필름을 찍는 업체의 사람은 이리저리 돌아다니며 배우들을 인터뷰했다.

건우 역시 인터뷰 대상에서 빠질 수는 없었다. 카메라가 다가왔다.

"소감이 어떠세요?"

"아, 음, 좀 춥네요. 기록적인 한파라던데 지금 영하……."

"영하 12도네요."

"고생하십니다."

"몸은 괜찮으세요?"

이런저런 이야기를 했다. 인터뷰 도중에 친해진 액션배우들이 다가와 건우를 들더니 그대로 눈밭에 굴렸다. 그러다가 모두 뛰어들어 눈싸움을 하기 시작했다.

"꺄악! 야 너!"

"흐흐, 선배님. 왜 그러십니까?"

"너 나한테 감정 있냐!"

"그럴 리가요."

진희와 리온은 이미 사람의 몰골이 아니었다.

*　　　*　　　*

한차례 소동이 끝나고 모든 촬영 장비가 철수되었다. 연장 이야기가 나오기는 했지만 깔끔하게 끝내는 것이 더 좋겠다는 결론 때문에 연장은 하지 않았다.

달빛 호수의 결말에 대해서는 엄중하게 비밀로 부쳐졌다. 일각에서는 건우와 진희가 행복한 결말을 맞이할 것이란 추측이 있었지만 이미 뿌려놓은 떡밥 덕분에 새드엔딩이 될 것이라고 짐작하는 이들도 많았다. 오늘 촬영이 모두 마무리되었다는 것이 기사로 나가고 인터넷에 결말을 예측하는 글들이 올라왔다.

촬영은 오후에 일찍 끝나 회식까지는 여유가 있었다. 리온의 말대로 그의 가게에서 회식을 하게 되었다. 김태유 PD와 정문운 무술 감독을 포함한 주요 스태프들, 그리고 고인숙 작가까지 회식에 참여하기로 되어 있었다. 듣기로는 리온이 상당히 신경을 쓰고 있다고 한다.

서울로 올라온 건우는 오랜만에 집으로 들어갔다. 집에 돌아오자마자 핸드폰이 울렸다. 조금 아쉽기는 했지만 새로 핸드폰을 맞추었다. 최신 스마트폰으로 맞췄는데 확실히 성능이 좋아 가지고 다닐 맛이 났다.

핸드폰을 보니 석준의 전화였다.

─건우야, 촬영 끝났다며?

"네. 지금 서울로 올라왔어요."

─이제 한가하겠네?

"더 일해야지요."

건우가 그렇게 말하자 석준이 호탕하게 웃었다.

"형님은 이번에 또 그 오디션 프로 하신다면서요?"

─그래, 방금 제작진이랑 미팅이 끝났다. 올해는 좋은 애들로 뽑아보려고. 작년에 좀 아쉬웠잖냐. 뭐, 너 하나로 모든 게 다 해결되었지만. 흐흐흐.

"하하하."

석준의 말은 진심이었다. SB나 AN뮤직에서도 요즘 건우와 계약한 석준을 대단히 부러워하고 있었다. 비주얼이면 비주얼, 연기면 연기, 게다가 노래 실력까지 엄청나니 부러워하지 않는 것이 이상한 일이었다. 건우가 부른 노래는 지금까지도 계속 국내 음원 차트의 10위권 내에 있었고 다른 나라 음원 차트에도 오르는 기염을 토해내고 있었다.

요즘은 '건우주본좌', '건우주신'이라는 별명으로 완전히 굳어져 더욱 신성시되고 있는 분위기였다. YS의 기획으로 인해 예능에도 안 나왔는데, 사건 사고 덕분에 아주 엄청난 존재감을 자랑하고 있었기 때문이다.

─좀 쉬다가 너 예능 한번 나가볼래?

"관심이 있기는 한데… 예능 나가지 말라면서요."

─막 이미지 깎아먹는 예능 말고, 요즘 핫한 프로가 있거든. 음악 경연 프로이기는 한데 조금 특이해. 가면 쓰고 주제에 맞춰 노래 부르는 거야.

"아, 그 마스크 싱어요? 진희 누나한테 듣기는 했는데."

─어때? 거기 PD가 엄청 부탁을 해서 말이지. 우리 애들을 위해서라도 일 좀 해주라.

음악 프로.

현생에서 가수를 꿈꾼 건우였다. 유명해지는 수단에 불과했지만 그때의 열정은 그래도 가슴에 아직 남아 있었다. 그리고 작품이 끝났으니 건우는 백수와 마찬가지였기에 뭐라도 해야 했다.

"알겠어요. 다른 건 없나요?"

─음, CF도 들어와 있고 차기작도 몇 건 제의가 오긴 했어.

화보도 있고. 진희와 네 환영식 때 자세히 말해보자.

다양한 곳에서 제의가 오는 모양이었다. 요즘 핫한 스타이니 당연한 것이었지만 건우는 조금 어색하게 느껴졌다.

ㅡ그리고 네 팬카페에 가입 좀 해라. 촬영도 끝났으니 글 좀 남겨.

"팬카페요?"

ㅡ그래, 거기 지금 장난 아니다. 보면 놀랄걸?

"그렇군요."

그러고 보니 자신의 공식 팬카페가 있다는 것이 떠올랐다. 한 번도 방문한 적이 없었다. 기왕 시간도 남으니 가입해 놓는 것도 나쁘지 않을 것 같았다.

'좀 있으려나?'

건우는 조심스럽게 5만 명 정도를 예상해 보았다. 그래도 화제가 되었으니 그 정도는 되지 않을까 싶었기 때문이다. 요즘 옥선체화신공 때문에 외모가 더 물이 올라 거울을 보면 나름 괜찮다 생각하고 있었다. 전생과 같은 투박한 멋은 없지만 그래도 현대사회에서는 지금의 모습이 더 나을 것 같았다.

건우는 오랜만에 컴퓨터를 켰다. 컴퓨터는 그럭저럭 사양이 좋아 만족하는 편이었다. 석준이 신경을 써준 것이었는데, 시간이 남을 때 미디 작곡에 대해 배우기로 했다. 기타를 좀 칠 줄 안다고 말했지만 석준은 확인해 보지도 않고 무조건 잘할 것이라 확신하고 있었다. 그게 부담스러워 틈틈이 연습을 하고 있었다. 워낙 반사 신경, 기억력, 집중력 등이 일반인을 아득하게 뛰어넘고 있어 실력은 그야말로 일취월장하는 중이었다.

'피아노도 배우고 싶은데⋯⋯.'

아주 어렸을 적, 아버지가 살아계셨을 때 건우는 피아노 학원에 다닌 적이 있었다. 그때는 지루해서 땡땡이를 쳤는데, 아쉬운 추억이 되었다.

건우는 다이버에 들어가 자신의 이름을 쳐보았다. 자신의 이름을 검색하는 것은 처음이었다. 왠지 오글거리고 부끄러운 기분이 들어 한 번도 해보지 않았다. 딱히 그럴 이유도 없었다.

'뭐가 이렇게 많지.'

각종 기사와 블로그들이 좌르륵 나왔다. 달빛 호수부터 시작하여 개인적인 목격담, 그리고 저번 사건에 대한 이야기들로 줄을 이루었다. 건우는 신기해서 일단 하나하나 다 들어가서 읽어보았다.

"이런 것도 있네."

(사진)

YS 사옥 앞 이건우.

포스가 남다르다.

<디스저널>

저번에 YS 사옥 앞에서 찍힌 모습이었다. 약간의 살기를 일으켜 쫓아냈는데 기어코 사진을 남긴 모양이었다. 눈빛이 늑대처럼 살벌했다. 금방이라도 상대를 찢어버릴 것 같은 모습이었다.

'음, 이미지가 안 좋아지려나?'

하지만 그의 생각과는 다르게 반응은 뜨거웠다. 댓글을 봤는데 악플이 거의 없었다. 오히려 긍정적인 댓글들이 많았다. '우주 포스', '미친 외모' 혹은 '일상 화보' 등 오그라드는 표현이 많았다. 자신에 대한 찬양을 보니 굉장히 기분이 이상했다. 마교의 교주가 된 것 같은 착각이 들기도 했다.

사진을 보니 그런 반응이 어느 정도 이해는 되었다. 저런 날 선 분위기의 모습은 일반인들이 흉내 내기 어려운 것이었다. 건우는 몇몇 블로그와 기사들을 훑어보다가 공식 팬카페를 찾아 들어갔다.

"낯부끄럽네."

건우는 메인에 걸린 사진을 보며 그렇게 말했다. 자객단주 복장과 선비 복장을 한 건우가 흑백의 대비를 이루며 메인을 장식하고 있었다. 그리고 그 밑에는 팬이나 기자들이 찍은 사진이 있었다. 배경음악은 건우가 부른 노래였다.

"15만?"

건우는 자신이 잘못 본 것은 아닌가 재차 회원 수를 확인했다. 확실히 만 오천도 아닌 15만이었다. 자살하려던 소녀를 구하고 기하급수적으로 숫자가 늘었는데, 건우는 그것을 모르고 있었다.

그 사건은 건우가 생각했던 것 이상으로 파장이 컸다.

학교 폭력을 추방하자는 대대적인 이벤트도 일어났고 교육계에서도 성명을 내었는데, 건우에게 표창을 주자는 움직임도 있었다.

소녀가 인터넷에 올린 반성문도 한몫했다. 건우는 옥선체화신공의 부작용이 혹시나 있을지 몰라서 소녀의 상태도 점검할 겸 찾아가서 위로의 말을 했는데, 그것에 엄청난 감동을 받은 모양이었다. 많은 이들이 소녀의 글을 보고 댓글을 남겼고 인터넷 기사로까지 나오기도 했다.

아무튼 가입을 하고 글을 남기려니 등업이 문제였다. 그냥 가입 인사 게시판에 글을 남기기로 했다. 오랜만에 타자를 치니 조금 낯설었다.

간단한 근황을 시작으로 달빛 호수의 촬영이 마무리되었다는 것을 알렸다. 그리고 응원해 줘서 감사하다는 말을 남겼다.

'이 정도면 되었겠지.'

잠시 인터넷을 뒤적거리다 자신이 쓴 글을 확인해 보니 댓글 수십 개가 달린 것이 보였다.

댓글 76

건우랑: 구라 치면 손목 날아간다.

뀨잉녹차: ㅋㅋ진짜일 수도.

한국건우연합: @뀨잉녹차 ㄴㄴㄴ 저번에 사칭한 놈이랑 아이디 패턴 비슷함.

우주건우: ㅎ… 진짠 줄 알았는데.

마스코트: 인증해 봐라ㅋㅋㅋ 저번처럼 이상한 짓거리 하지 말고.

거의 안 믿는 분위기였다. 건우는 댓글을 잠시 바라보다가 글을 남겼다.

건우12: 저 맞는데요.

—RE: 한국건우연합: 귀엽네ㅋㅋㅋ 발 닦고 잠이나 자라. 누나 바쁘다.

—RE: 건우12: @한국건우연합 ㅋㅋㅋ님도 귀여움.

—RE: 한국건우연합: 유쾌한 거 보소ㅋㅋ

—RE: 뀨잉녹차: 전 믿어염.

—RE: 건우12: @뀨잉녹차 감사합니다.

건우는 피식 웃고는 그냥 컴퓨터를 끄려다가 다음에도 이럴 수 있으니 인증해서 등업이나 해야겠다고 생각했다. 마침 핸드폰도 좋은 걸로 샀으니 해봄 직했다.

사진을 찍고 펜을 들어 종이에 올렸던 글과 똑같이 글을 적었다. 예전에는 악필은 아니었지만 지금은 그 수준이 엄청나게 높아져 글씨체는 대단히 아름다웠다.

힘이 있고 유려했다.

건우는 잠시 인터넷을 뒤적거리다가 다시 팬카페로 돌아왔다.

[축하합니다. 이건우 계급으로 등업되셨습니다!]

알림이 엄청나게 많았는데, 인증한 게시물이 폭발할 듯 엄청난 댓글이 달리기 시작했다.

댓글 122
한국건우연합: 죽으러 한강 갑니다.
ㅡRE: 살랄라: 얼ㅋㅋㅋㅋㅋㅋㅋ멀리 안 나감ㅋㅋㅋㅋ.
ㅡRE: 큐잉녹차: ㅋㅋㅋㅋㅋㅋ안눙ㅋㅋㅋㅋ.
ㅡRE: 건우12: ㅋ.

—RE: 한국건우연합: @건우12 사랑해요.

호우빵: 진짜가 나타났다! 왜 이러케 잘생겼어여ㅠㅠㅠ.

—RE: 내삶건우: 세최미남이니까요.

—RE: 건우12: 내삶건우@ 그게 뭐임?

—RE: 반반하닛: 세계 최고 미남이요ㅋㅋㅋ.

—RE: 건우12: ㅋㅋ.

댓글을 읽다 보니 시간이 잘 갔다. 건우가 직접 짧은 댓글로 답변하기도 했다. 소통하는 것도 나쁘지 않은 것 같았다. 어째서 리온이나 진희가 SNS를 하는지 알 것 같기도 했다. 건우는 SNS는 하지 않더라도 가끔 들러서 근황 정도는 써야겠다고 생각했다.

건우는 운기조식을 한 후에 외출 준비를 했다. 그래도 모두가 모이는 회식이니 신경 써서 입고 가야 했다. 한참이나 협찬 받은 옷들을 보며 고민하다가 깔끔한 옷으로 갈아입었다. 아무렇게나 긴 머리가 거슬려 위로 넘기며 고정했다.

'샵에 가라고 하기는 했는데 그런 데는 역시 좀 그래.'

프로그램 같은 데 출연하는 것이 아니면 샵에 가기가 좀 꺼려졌다.

여러모로 신경 써서 차려입으니 그럭저럭 괜찮은 인물이 거울 속에 서 있었다.

건우는 차가 없어서 매니저를 부르거나 대중교통을 이용해야 했는데, 이런 일로 매니저를 부르기는 싫었다. 한상진도 신입 매니저 교육 때문에 바빠 건우를 데려다주자마자 바로 YS 사옥으로 갔다.

'상진이 형도 곧 승진이니 선물이라도 사 드려야겠네.'

유유상종이라는 말이 떠올랐다. 석준 주변에 모인 사람들을 보면 그 말이 현실로 와닿았다. 다행히 오늘은 진희가 데리러 온다고 했다. 진희의 매니저도 회식에 참여하니 딱 좋았다.

약속 시간이 되자 밖으로 나왔다. 건우가 이곳에 사는 것이 소문났는지 숨어 있는 기자들과 몰려온 팬들이 보였다. 팬들은 건우의 기세 때문에 다가오지는 못하고 건우를 바라보며 쭈뼛쭈뼛 서 있었다. 팬들은 무척 어려 보였는데, 건우가 먼저 다가갔다. 건우가 다가오니 눈빛이 멍해졌다. 건우는 멍하니 내민 노트에 사인을 해주었다.

"여기서 이러고 있지 말고 집에 빨리 들어가요."

"네? 아… 네."

건우는 팬들을 지나쳐 약속 장소로 갔다. 시선을 끌었지만 이제는 그런 것이 별로 신경 쓰이지 않았다. 오히려 없으면 이상하게 느껴질 정도가 되었다.

진희의 밴이 보이자 올라탔다.

"올~ 이건우, 멋진데? 할리우드 가도 될 듯?"

진희가 감탄하며 말했다. 촬영장에서 매일 봤지만 건우는 볼 때마다 달라 보였다. 팔색조의 매력이라는 말이 딱 어울렸다. 요즘 건우의 물오른 외모는 가히 살아 있는 CG를 방불케 했다. 하루하루 더 잘생겨지는 것 같은 느낌이었다.

"너 기사 났더라?"

"기사?"

"팬카페에 글 올렸다며."

"그런 것도 기사가 나?"

"원래 그렇기는 한데, 네가 요즘 워낙 잘나가잖아. 어디 나오지도 않고."

건우는 피식 웃었다. 유명한 여배우가 그런 말을 해주니 신기했다. 건우에게 진희는 이제 그런 유명한 여배우라기보다는 그냥 친한 친구 같았다. 이런저런 이야기를 하는 사이 리온의 가게에 도착했다. 배우들과 스태프들이 있었는데, 리온이 건우를 보더니 달려왔다. 상기되어 있는 얼굴을 보니 상당히 기대를 하고 있는 모양이었다.

"오! 건우 왔네!"

"여기 앉아라!"

리온이 말을 걸려 했지만 그보다 김태유 PD와 최운식이 먼저 불렀다. 김태유 PD는 최운식의 옆에서 이미 술을 마셨는지 얼굴이 붉게 달아올라 있었다. 최운식 옆에는 고인숙 작가가 자리했다.

그녀는 건우를 보더니 눈빛을 반짝였다.

"작가님, 오랜만이네요."

"오~ 건우 씨 더더더 잘생겨졌네요!"

"하하, 감사합니다."

"딱 내가 원하는 주인공이에요! 완전 비주얼부터가 판타지니……."

달빛 호수가 오늘 끝났지만 고인숙 작가의 의욕이 대단히 앞서 있었다.

본격적인 회식이 시작되었다. 김태유 PD가 잔을 들고 일어났다. 표정이 상당히 밝아 보였는데, 그도 그럴 것이 시청률이 타 방송사들과 비교할 수 없는 독보적 1위였다. 김태유 PD 본인에게도 찬사가 쏟아지고 있었으니 기분이 좋은 것은 당연한 일이었다. 주조연 배우들과 스태프들도 그러했다.

"우여곡절이 많았지만 이렇게 좋은 결실을 맺을 수 있어 정말 기쁩니다. 다가오는 새해 복 많이 받으시고 다음에도 같이 좋은 작업할 수 있기를 기원합니다! 자! 모든 분들의 건강을 위하여 원샷합시다! 건강을!"

"위하여!"

"위하여!"

그것을 시작으로 돌아가며 덕담을 했다. 리온은 웃다가도

우울해 보였는데 알고 보니 조금 있으면 군대를 가야 된다고
한다. 꽤 나이가 찼음에도 아직 다녀오지 않은 것이었다.

최운식이 건우를 바라보았다.

"그러고 보니 너는 갔다 왔어?"

"네, 제대한 지 꽤 되었어요."

"오! 그럼 이제 탄탄대로네!"

"하하, 그런가요?"

최운식의 물음에 건우가 그렇게 답했다. 리온이 부럽다는
눈으로 건우를 바라보았다.

즐거운 자리다 보니 모두 술을 엄청 마시기 시작했다. 김태
유 PD와 정문운 감독이 술을 마시니 스태프들도 빠지지 않고
술을 들이켰다.

진희 역시 엄청난 기세로 마셔댔다.

"건우야, 이거 봐라."

새로 나온 브랜드의 소주병을 건우에게 보여주었다. 그곳에
는 진희가 잔을 들고 있었다.

"오, 누나네?"

"내가 이런 사람이란다."

"정말 딱 어울린다."

건우는 홀짝홀짝 술을 들이키는 진희를 보며 웃었다. 따스
함이 느껴지는 웃음이었다. 이런 좋은 분위기는 드물었다. 좋

은 사람들과 술을 마시는 것은 늘 즐거웠다.

'이 인연이 어쩌면 후생에 이어질지도 모르지.'

전생에서의 인연이 현생에 나타나는 것을 보면 가능성 없는 이야기는 전혀 아니었다. 그렇기 때문에 진실되게 사람을 대하고 싶었다. 사악한 짓은 하기 싫었다. 그것이 되돌아온다는 것을 이미 깨달았기 때문이다. 소녀를 구한 것도 어쩌면 자신이 기억하지 못한 전생의 인연이 이끈 것일 수도 있었다.

"크으, 노래 한 곡 하겠습니다!"

"오오!"

술에 취한 리온이 벌떡 일어났다. 리온의 가게에는 노래방 기기가 설치되어 있었다. 스피커도 예전 작업실에서 쓰던 것을 가지고 와 상당히 비싼 것이었다. 고깃집에 있을 레벨이 아니었다.

진희는 분위기를 띄우는 리온을 보며 피식 웃었다.

"쟤도 사람 됐네. 마냥 재수 없었는데 너 만나서 사람 된 것 같아. 네 광신도가 되었지만……."

"뭐……."

옥선체화신공의 부작용이기는 했지만 인성이 고쳐졌으니 나쁘게 볼 일은 아니었다. 그 예로 요즘 이미지가 좋아진 덕분에 팬도 늘어나는 추세였다. 예능 섭외도 많아졌다고 한다. 곧 군대를 가지만 말이다.

"히힛, 우리 베스트 커플상 같은 거 받을 수도 있겠다."

"응?"

"곧 LBC 연기대상이 있잖아."

"아… 거기 내가 가도 돼?"

건우의 말에 진희가 무슨 말 하냐는 듯 건우를 바라보았다.

"당연하지! 너 대상 후보는 분명 확정이야."

"에이, 설마."

"네가 대상 못 받으면 누가 받겠니? 난리 날걸?"

건우는 진희의 말을 웃어넘겼다. 진희가 답답한 듯 건우를 바라보다가 소주를 원샷했다. TV에서만 봤던 그런 곳에 자신이 갈 수 있을 것이라는 생각은 안 하고 있었다.

'진짜 배우 다 됐네.'

달빛 호수가 인기를 끌었으니 대상은 무리더라도 신인상 정도는 기대해 봐도 될 것 같았다. 데뷔하자마자 신인상을 받는다면 다음 작품의 동기부여도 될 것 같았다.

건우는 리온의 노래를 들었다. 그의 솔로곡이었는데 꽤 인기를 끌었던 노래답게 괜찮았다. 술에 취했으면서도 적절히 안무를 섞는 모습은 프로다웠다. 이러나저러나 리온은 아이돌 가수였다.

노래가 끝나자 모두 손뼉을 쳤다.

"이야, 가수는 가수네."

"그냥 노래만 해라!"

"그래!"

"그게 낫겠다."

스태프들의 평가는 야박했다. 스태프들을 가장 고생시킨 것이 발연기 리온이었기 때문이다. 리온이 연기를 조금만 더 잘했어도 달빛 호수는 더욱 높은 곳까지 올라갈 수 있었을지도 몰랐다.

진희가 리온을 바라보고 있는 건우를 보더니 씨익 웃었다.

"건우야! 한 곡 해라!"

"응?"

"1위 노래 좀 듣자!"

진희가 외치자 스태프들이 환호성을 지르며 손뼉을 쳤다. 몇몇 스태프는 촬영하기 위해 핸드폰을 미리 꺼냈다. 현업 가수인 리온이 노래를 부를 때와는 판이 다른 대우였다. 리온은 질투하기는커녕 오히려 흥분하며 기뻐했다.

건우는 이 흥이 나는 분위기를 깨고 싶지 않았다. 건우가 일어나자 환호 소리가 더 커졌다. 테이블을 지나쳐 리온이 건넨 마이크를 잡았다.

마이크는 콘서트용 무선 마이크였다. 건우도 처음 잡아보는 비싼 물건이었다. 그래서 그런지 그림감이 아주 좋았다.

이런 분위기에 슬픈 노래를 부를 수는 없었다. 꽤 신나는

노래를 선곡했다. 장르는 락이었는데, 대한민국 락의 전성시대
인 90년대에 나온 곡이었다. 대학 가요제 금상을 수상한 곡이
기도 했다.

살아 있는 전설의 락 밴드 '불사조'의 전신, 무한전차가 부른
'너를 향한 행진'이라는 제목의 노래였다. 리더이자 보컬인 신
종원이 자신의 재능을 처음으로 만인에게 각인시킨 노래이기
도 했다.

'오랜만인데.'

건우가 좋아하는 노래이기도 했고 공연할 때 주로 불렀던
장르라 기분이 좋아지고 몸이 달아올랐다.

띠리리리! 띠잉!

경쾌한 기타음이 터져 나오자 환호 소리가 더 커졌다. 내력
을 끌어 올리며 격렬한 감정에 모든 것을 맡겼다. 술에 취한
이들도 화들짝 놀라며 건우에게 시선을 집중했다.

건우는 마이크를 잡고 고개를 흔들다가 그대로 샤우팅을
했다. 건우는 본래 고음역을 소화할 수 있는 능력이 없었다.
그러나 지금은 달랐다.

성대는 강철처럼 강인했고 옥선체화신공의 능력 덕분에 고
음이 가능했다. 거기에 요즘 음공까지 익히고 있어 건우가 지
닌 잠재력은 어마어마했다.

보통 중음역에서 고음역으로 넘어갈 때 목소리는 변하게 마

련이었다. 두성이든 가성이든 톤의 변화가 생기는 것이다. 그러나 내공과 합쳐진 소리는 그것과는 전혀 다른 방식이었다.

"와아아아!"

"오오!"

소름 돋는 샤우팅이 끝나고 건우는 모두를 바라보며 손짓했다.

"일어나 뛰세요!"

건우의 흥에 모두가 공명했다. 술도 얼큰하게 취했겠다, 완전 콘서트장이 되었다.

옥선체화신공의 공명 능력, 강철 같은 목소리, 그리고 소리에 담긴 내공. 삼박자가 합쳐지자 엄청난 시너지 효과가 생겼다.

건우의 노래가 시작되었다. 경쾌함이 묻어나는 목소리는 듣는 이들의 마음을 흥분 상태로 만들었다. 배우와 스태프들이 모두 일어나 음악에 몸을 맡겼다. 환호 소리와 노랫소리만이 울려 퍼지고 있을 뿐이었다.

건우의 무대 매너는 좋았다. 예전의 그가 거리에서 공연을 할 때 관객과의 소통을 시도한 적이 있었지만 돌아오는 반응은 싸늘하기만 했다. 그도 그럴 것이 열 명이 채 넘지 않는 관객이었고, 그 대부분이 그냥 궁금해서 보는 것이었다.

하지만 이번에는 달랐다.

마이크를 배우와 스태프 쪽으로 향하자 노랫소리가 터져 나왔다.

"나에게~ 전해줘~ 예에~"

"전해줘!"

소규모 콘서트장을 보는 것 같은 풍경이었다. 클라이맥스가 터져 나오자 환호 소리가 더 커졌다. 거의 광기에 사로잡힌 듯한 광경이었다.

"감사합니다."

건우는 그렇게 말하며 마이크를 내렸다. 노래가 끝났음에도 모두 여운에 휩싸여 있었다. 건우는 머쓱하게 웃으며 다시 자리로 돌아왔다.

진희가 반짝이는 눈동자로 바라보았다.

"이러다 앨범 내는 거 아냐?"

"앨범은 무슨……."

진희의 말에 건우는 피식 웃으며 술잔을 들었다.

건우가 끌어 올린 분위기는 쉽게 가라앉지 않았다. 2차 생각이 전혀 나지 않을 정도였다. 리온 가게의 술이 모조리 사라져 버렸다.

이날의 회식은 관계자들 사이에서는 전설로 남았다고 한다.

*　　　　　*　　　　　*

　달빛 호수의 엔딩에 대한 관심이 나날이 높아지고 있었다. 스포일러를 각별히 경계하는 탓에 다행히 엔딩에 대한 누출은 나오지 않았다. 대신, 회식 소식이 화제가 되었다. 스태프가 찍은 회식 동영상 때문이었는데 고깃집에서 일어난 광기의 파티는 화제가 될 만했다.

　'건우주본좌의 라이브'라는 제목으로 미튜브에 올라오자마자 조회 수가 폭발적으로 상승했다. 처음에는 팬들 사이에서만 화제가 되었을 뿐이지만, 24년째 밴드를 이끌고 있는 불사조의 리더인 신종원이 극찬과 함께 링크를 남기면서 락 팬들에게까지 화제가 되어버렸다.

　신종원은 '아이돌이 가수면 5천만 국민이 다 가수다'라는 명언을 남길 정도로 유명한 독설가였다. 그래서 안티 팬도 꽤 있었지만 오히려 신종원을 추종하는 세력들에게 안티 팬들이 묻혀 버렸다. 지금 대한민국에서 손꼽히는 보컬들 중 불사조 출신이 많았다. 그런 보컬들에게조차 칭찬이 인색한 신종원이었는데, 배우에 불과한 건우에게 극찬을 했으니 화제가 될 만했다.

　신종원

이런 보컬을 지금 알게 된 것이 한탄스럽네요. 소름끼치는 목소리 톤과 표현 능력입니다. 도저히 사람 같지 않네요. 뒤늦게 건우 씨 노래 들어보고 한참 감정에 허우적거리고 있다가 글 남깁니다.

지금까지 제 노래를 커버한 가수들은 많았지만 원곡을 뛰어넘은 것은 이번이 처음인 것 같습니다.

꼭 같이 작업해 보고 싶네요.

근데, 이 친구 정말 배우인가요?

링크: metube.com/gusa%$#763x22

'건우주신 회식 라이브.'

[좋아요 9,545] [댓글 2,124] [공유 2,312회]

신종원답지 않은 글이었다. 사회적인 이슈에 대해 쓴소리도 많이 남기고 정치의 영역까지 넘나들고 있었는데, 좋은 소리를 한 적이 거의 없었다.

YS의 가수들도 예외는 아니었는데, 석준조차 신종원을 어려워했다. 석준도 예전에 신종원의 밴드에서 기타리스트를 잠깐 한 적이 있었기 때문이다. 보컬이 밴드를 탈퇴하면서 자연스럽게 나오게 되었는데, 지금도 사이는 그리 나쁘지 않았다. 불화설에 휩싸이긴 했어도 음악적인 견해 차이는 어쩔 수 없는 일이었다. 신종원이 자신의 주장을 굽히지 않았던 것이 야

박하기는 했으나 그런 신념이 있었기에 24년이 넘는 기간 동안 밴드를 이끌 수 있었던 것이다.

YS에서도 관심 있게 봤지만 별다른 대응을 하지 않고 있었다. 바로 건우가 '마스크 싱어: 명곡의 탄생'에 출연하기로 결정했기 때문이다. 석준의 머릿속에는 건우의 앨범 작업이나 향후 신종원과의 협업도 생각하고 있었지만 이번 마스크 싱어를 통해 엄청난 임팩트를 줄 계획이었다.

석준은 건우가 마스크 싱어에 나간다면 우승은 따놓은 당상이라고 생각했다. 기대하는 것은 연승이었다.

마스크 싱어는 마스크 속에 정체를 감춘 인물들이 노래를 부르는 경연 프로그램이었는데, 패널과 관객들이 직접 현장에서 투표를 하여 우승차를 뽑고 그 다음 회의 출연자들이 우승자에 도전하는 방식이었다.

우승자가 부른 노래는 음원으로 바로 출시된다.

건우는 마스크 싱어에 출연하기로 하고 다른 제의들도 검토했다. 벌써부터 내년 연초에 방영이 계획된 드라마에 대한 제의들이 많았다. 건우는 드라마를 정하는 것은 일단 검토만 해보고 마스크 싱어 출연 다음으로 미루었다. 일단 가장 큰 돈이 되는 CF를 찍고 화보 촬영을 하기로 했다.

석준이 직접 건우의 이미지에 도움이 되는 CF를 선별했는데 잘생긴 배우들의 계보와도 같은 커피 CF였다. 지금은 시기와 광고료를 조율하는 중이었다.

건우는 NBC의 마스크 싱어 제작진들과 미팅을 가지며 향후 일정에 대해 조율했다. 제작진들은 지금 현재 건우의 인기를 그대로 가져가 프로그램에 반영하고 싶어 했다. 가급적 출연 날짜가 빨랐으면 좋겠다는 의견에 건우는 석준과 상의해서 녹화 날짜를 결정했다. 생각보다 빨리 녹화 날짜가 정해졌다.

편곡자와의 만남, 그리고 연습 시간이 촉박한 편이었지만 건우에게는 큰 문제가 되지 않을 것이다.

건우는 인터뷰 요청 때문에 홍대의 커피숍으로 향하는 중이었다. 보통 인터뷰가 아니라 연예인에 대한 일들을 집중 보도하는 '한밤의 연예가'에서 진행하는 인터뷰였다. 리포터와 데이트를 하면서 인터뷰를 진행하는 형식이었는데, 본래 출연 계획이 없었지만 석준의 요청으로 출연하게 되었다. 리포터는 요즘 핫한 개그우먼이었는데 곧 YS로 들어온다는 이야기가 들려오고 있었다. 여러모로 영역을 확장하고 있는 YS였다. 꼭 그런 이유는 아니더라도 건우에 대해 궁금해하는 사람들이 많으니 이번 출연은 팬서비스 차원에서도 좋은 편이었다.

건우는 되도록이면 일을 많이 하고 싶었다. 일단 돈을 많이 벌어서 어머니께 집을 사드리는 것이 목표였기 때문이다. 지금의 집은 너무 낡았고 주변 환경이 좋지 않았다.

'내년에는 가능할 수도.'

CF 촬영과 예능 출연, 그리고 음원 수입을 통해 들어오는 돈으로 얼추 목표 금액에 도달할 수 있을 것 같았다.

건우에게 큰 욕심은 없었기에, 호화스럽게 살고 싶다는 생각은 한 적이 없었다. 그렇다고 욕심이 아예 없는 것은 아니었지만 격렬하게 살아온 그의 인생에 있어서 그런 건 큰 영향력을 행사할 수 없었다. 여유가 생긴다면 이번 인생에 대한 이유를 조사하고 무공의 끝을 보고 싶었다.

건우는 모처럼 샵에 들려서 머리를 했다. 처음에는 어색했지만 결과물을 보니 나름 만족스러웠다. 머리 스타일을 바꾼 것만으로도 이미지가 확 달라졌다. YS의 스타일리스트가 코디해 준 옷까지 차려입으니 자신도 이제 연예인은 연예인이구나 하는 생각이 들었다. 너무 늦게 깨달은 것일 수도 있었다.

건우는 차량으로 이동하는 동안 내공을 돌리며 몸을 최상의 상태로 만들었다. 육체는 웬만해서는 지칠 일이 없었지만 정신적인 부분은 달랐다. 지금 건우에게는 정신적인 부분이 더욱 중요했다.

소주천을 하자 그의 눈빛이 더욱 또렷하게 빛났다. 눈은 마음의 창이라고 하는데, 건우의 눈빛은 대단히 깊고 맑았다. 연한 갈색의 눈빛은 옥선체화신공 덕분에 더욱 맑아져 신비스러운 분위기가 흘렀다. 본인은 정작 감흥이 없지만 말이다.

건우가 밴에서 내리자 순식간에 시선이 몰렸다.

"어? 이건우?"

"허어, 대박!"

건우의 비주얼은 지금까지 잘생겼다고 났던 여러 배우들을 그야말로 압도했다. 화면 빨이 전혀 없고 오히려 손해라고 생각할 정도였다. 오죽하면 대한민국의 대표적인 3대 미남 배우 중 한 명인 김동진이 건우를 언급하며 자신은 잘생기지 않았다라고 말할 정도였다. 지나친 겸손이라는 말이 있었지만 일각에서는 건우는 그저 천상계에 있을 뿐이고 김동진을 비롯한 다른 배우들은 인간계의 인물이라는 말이 나오고 있었다. 김동진의 발언은 짤방으로 제작되어 화제가 되기도 했다.

대한민국의 미남 계보는 지금 1갓 4인 체제였다. 반론하는 이들이 없는 것을 보면 건우가 얼마나 사람을 벗어났는지 알수 있었다. 옥선체화신공은 인세에서 신선이 되는 것을 목표로 하는 무공이니 어찌 보면 당연한 것이었다.

"와, 실물 미쳤다."

"다리 힘 풀려."

그런 말들이 나쁘게 들리지는 않았다. 사람이 많이 오가는 시간대라 몰려드는 사람들은 많았다. 벌써부터 SNS에는 이건우 목격담이 올라오고 있었다.

건우는 리포터가 있는 작은 카페로 들어갔다. 카페에 양해를 구해서 손님은 적었다. 건우가 들어오는 것부터 시작해서 카메라 한 대가 건우를 찍기 시작했다.

준비 없이 바로 진행될 거라는 소리를 들었지만 조금 당황스럽기는 했다.

"요즘 가장 핫한 배우! 대한민국 미남 계보를 박살 낸 이건우 씨입니다! 와아!"

"안녕하세요? 어, 음 근데 바로 이렇게 시작하는 건가요?"

"네! 저희 한밤의 연예가 핫 데이트는 늘 이렇습니다."

리포터는 매력 있게 생긴 얼굴이었다. 사람을 편안하게 만들어주는 목소리 톤을 지니고 있었다. 단련된 개그 솜씨로 임기응변도 좋았고 자신을 희생해서 게스트를 띄워줄 줄 알았다. 건우는 리포터에 대해 조사를 해서 알고 있었다.

"다시 한번 환영합니다! 건우 씨!"

이슬이 그렇게 말하며 손뼉을 치자 주위에 있던 사람들도 덩달아 환호했다. 손님들도 본격적인 구경꾼 모드로 진입해 있었다. 커피숍 밖은 건우가 홍대에 떴다는 소리를 듣고 찾아온 사람들로 붐비기 시작했다.

"네, 감사합니다."

"어우, 이 아우라가 장난이 아니네요! 사람에게도 빛이 난다는 걸 처음 알았습니다!"

"하하… 감사합니다."

이슬의 말은 접대용 멘트가 아닌 진심이었다. 눈이 어느 때보다도 반짝이고 있었다. 이슬과 가벼운 대화를 나누었다. 건우가 이슬의 이름을 알고 있자 그녀는 상당히 감동했다. 건우가 그런 이슬의 모습에 조금 당황할 정도였다.

건우는 살짝 미소를 머금으며 시종일관 여유롭게 이슬과 대화했다. 노련한 스킬을 지닌 이슬이 오히려 밀리고 있었다.

"자! 그럼 시청자 질문입니다. 반드시 대답해 주셔야 합니다."

"네, 알겠습니다."

정해진 코너가 있는 모양이었다. 이슬은 가지고 온 대본을 보고는 활발한 말투로 질문을 하기 시작했다.

"최근에 회식 동영상이 화제가 되었는데요. 원래 가수가 꿈이었다는 소문이 있는데 사실인가요? 그리고 누나가 사랑해라고 시청자 이미영님께서 질문하셨습니다."

"중학교 때부터 노래 연습은 한 것 같네요. 사실 가수가 꿈이라기보다는……."

"보다는?"

건우는 피식 웃었다. 괜히 꾸미는 것보다 솔직하게 대답하는 것이 더 나을 것 같았다.

"그냥 유명해지고 싶었어요."

"오! 상당히 솔직하시네요!"

"하하, 지금도 얼떨떨합니다. 불과 몇 달 전까지만 해도 오디션에 떨어지고 한숨만 쉬었거든요."

"아니, 우리 건우 씨를 누가 떨어뜨린단 말인가요? 아주 보는 눈이 없는 분들 같네요!"

이슬의 과장스러운 감정 표현에 건우는 진한 미소를 그렸다. 건우가 웃을 때마다 주변에서 호들갑떠는 소리가 들렸다. 이슬은 곤란한 질문은 하지 않았다. 여학생을 구한 일에 대한 질문에는 가볍게 답했는데, 그 이상은 캐묻지 않았다. 그냥 건우는 몸이 먼저 반응했다고 말하고 넘어갔다.

"마지막 질문입니다. 일산에 사시는 손민영 씨가 질문하신 내용입니다! 최근에 김진희 양께서 예능에 나와 키스신에 대해 말했는데요. 가장 좋았던 키스신으로 건우주신님과의 키스를 꼽았습니다. 비결이 있나요?"

"네?"

"저도 봤어요. 아주 달달하고 진했죠!"

진희와의 키스신이 있기는 했다. 전생에서의 기억이 비어 있어 그런 경험이 있는지는 잘 몰랐지만 몸이 먼저 반응했다. 그런 걸 보면 전생에 경험이 있기는 한 모양이었다. 기억이 조금씩 돌아오고 있으니 언젠간 떠오를 것 같았다.

아무튼 그 후로 진희와 조금 어색하기는 했는데 지금은 장난스럽게 이야기할 정도였다. 건우는 진희의 그런 모습을 보고 프로긴 프로구나 할 뿐이었다.

"글쎄요. 처음이라 모르겠는데요?"

"네? 사실인가요?"

"적어도 이번 생에는 그런 것 같습니다."

"그러시구나. 좋은 정보입니다! 대한민국 모든 여성분들께서 아주 좋아하실 것 같아요. 그럼 오늘 저랑 하는 데이트도 첫 데이트?"

건우는 이슬의 말에 살짝 소리 내어 웃었다.

"그러네요. 잘 부탁드립니다."

"네! 맡겨만 주세요! 제 안티들이 늘어날까 두렵습니다만 열심히 해보겠습니다."

질문 타임이 끝나고 거리 데이트 형식으로 인터뷰 진행이 있다고 한다. 밖으로 나가자 수많은 인파들이 보였다. 건우와 이슬의 주위를 동그랗게 둘러싸고 있었다.

이렇게 많은 사람들에게 둘러싸인 것은 처음이었다. 옥선 체화신공을 운용하며 보니 긍정적인 감정들이 느껴졌다. 사복을 입은 경호원들도 있기는 했지만 그들이 나서지 않아도 될 것 같았다.

이슬도 많은 사람들 덕분에 조금 흥분한 것 같았다. 건우가 시선을 돌릴 때마다 비명과 같은 감탄이 터져 나오니 모르는 이가 봤다면 할리우드 스타라도 방문했다고 착각할 정도였다.

"홍대에는 자주 와 보셨나요?"

"네, 여기서 길거리 공연도 많이 했었죠. 관객은 없었지만."

"정말요? 근데 관객이 없을 것 같지는 않은데요."

"정말이에요. 그냥 뭐 하는 놈인지 힐끔 보고 가는 게 다였죠. 그런데……"

건우는 주변을 둘러보았다. 홍대에서 아주 많은 사람들에게 둘러싸여 있으니 느낌이 묘했다. 현생에서의 생활은 얼마 전까지만 해도 최악이었다. 불과 몇 달 사이에 이렇게 바뀐 것이다.

"지금은 관심을 가져주시는 분들이 많아서 참 좋네요."

그동안 잊고 있었던, 힘들었던 기억이 떠올랐다. 그 많은 사람들 중에 아무도 자신에게 관심을 가지지 않았기에, 더 유명해지고 싶었는지도 몰랐다.

"여기 건우 씨 팬 있나요?"

이슬이 사람들을 보며 묻자 앞쪽에 있던 사람들이 손을 번쩍 들었다. 스마트폰을 들고 있다가 촬영하고 있는 것도 잊은 채 격렬히 손을 흔들었다.

"그럼 몇 분 불러서 이야기를 해보겠습니다."

이슬이 앞쪽에 있는 여성을 불렀다. 카메라가 부끄러운지 얼굴을 가리다가 옆에 서 있는 건우를 보고는 멍한 표정이 되었다.

"와……."

그런 말밖에 나오지 않는 모양이었다. 이슬은 이해한다는 듯 여성을 바라보다가 입을 뗴었다.

"실물로 보니까 어때요?"

"화면이랑 비교도 안 돼요. 완전 남신임."

이슬에게 대답하면서도 건우에게서 눈을 뗴지 못했다. 주변에 있는 다른 이들도 마찬가지였다. 건우는 이런 반응에 민망하기는 했다. 화산파의 후기지수 중에 잘생긴 고수가 있었는데, 별호가 옥면화검이었다. 그가 나타났을 때도 거의 이런 반응이었다. 하지만 그는 아랫도리를 잘못 놀리는 바람에 화산에서 쫓겨나고 폐인이 되었던 걸로 기억하고 있었다.

"건우 씨에게 하고 싶은 말 있나요?"

"한 번만 안아주세요!"

건우가 여성의 말에 잠시 눈을 깜빡이다가 팔을 펼치자 여성이 안겨왔다. 마지막으로 같이 사진까지 찍어주었다.

홍대를 걸을수록 점점 더 많은 사람들이 몰려왔다. 건우는 자신의 인기가 이 정도인 줄은 몰랐다. 물론 이들 중에 건우를 모르는 이들도 있었지만 건우를 본 순간 즉석에서 팬이 되어버린 이들도 상당히 많았다.

SNS에 건우의 사진과 영상들이 빠르게 올라갔다. 그냥 막 찍어도 건우의 모습에는 흠결 하나 없었다. 일상이 화보라는 말이 완전히 어울렸다.

건우는 카메라를 의식하지 않고 홍대를 걸으며 나름 데이트를 즐겼다. 데이트라고 하기에는 무리가 있었지만 그래도 제법 그런 분위기가 나기는 했다.

'그리운 기분이 드네.'

기억은 나지는 않지만 마음이 따듯해졌다. 거리를 어느 정도 걷다가 더 이상 진행에 무리가 있자 마무리하기로 했다.

이슬은 아쉽다는 듯 건우를 바라보았다. 그녀는 짧은 시간이었지만 건우 덕분에 눈이 너무 높아져 버려 큰일 났다는 생각을 했다.

건우에게서 오만함이나 자만심은 전혀 찾아볼 수 없었다. 그 기세에서 뿜어져 나오는 카리스마는 있었으나 그것이 부담스럽게 느껴지지는 않았다. 이슬은 오히려 배우에게서 느껴지는 아우라라고 생각했다.

개그우먼 출신인 이슬은 표정을 연기하는 것이 익숙했다. 겉으로는 웃기고 웃는 역할을 맡고 있었고 자신을 가볍게 개그 소재로 이용했다. 개그맨들이 평소에도 활발할 성격이라고 많은 이들이 생각하겠지만 그렇지 않은 이들도 꽤 있었다.

이슬은 활발한 성격이었으나 낮아지는 자존감과 그러한 것에서 오는 스트레스 덕분에 감정적인 고생이 심한 편이었다. 어찌 보면 개그를 하는 이들의 고충이라고 할 수 있었다. 늘

웃겨야 한다는 강박감이라는 것은 생각보다 대단히 큰 압박을 주고 있었다.

특히 개그라는 것은 유행을 너무 타서 한번 잊히기 시작하면 재기하기 어려웠다. 배우들이나 가수들은 휴식기가 있었지만 개그맨들의 휴식은 잊힘을 의미했다.

이슬은 오늘도 제대로 할 수 있을까 하는 의문을 갖고 있었다. 최근에는 수면제 없이 잠을 자지 못했다. 그러나 지금은 너무나 편한 상태에서 진심으로 우러나오는 미소를 짓고 있었다. 건우와 있으면 스트레스로 인한 두통이 전혀 느껴지지 않았다. 너무나 편한 기분에 살짝 정신이 아득해질 정도였다.

그러한 배경에는 건우의 옥선체화신공의 영향이 컸다. 소녀의 경우처럼 흡수를 한 것은 아니지만 건우에게서 흘러나오는 청명한 기운은 검은 색깔의 감정들마저도 옅어지게 만들어주었다.

건우는 이슬, 그리고 몰려온 사람들을 보며 조금은 씁쓸해졌다. 옥선체화신공을 운용하며 바라본 세상은 그리 아름답지 않았다.

'생각보다 병들어 있구나.'

도시에서 이렇게 많은 사람들을 대면하는 것은 처음이었다. 많은 사람들의 관심이 자신을 향하고 있기에 더욱더 진한 감정의 색채를 느낄 수 있었다.

삶이 편해졌어도 세상은 크게 바뀌지 않은 것 같았다. 전생이나 지금이나 많은 이들이 병들어 고통을 받는 것은 똑같았다. 물론 예전과 비교할 수 없겠지만 말이다.

'내가 좀 더 노력한다면……?'

세상을 구하자는 것이 아니었다. 자신은 그럴 위인도 아니고 그럴 수준의 그릇도 되지 않았다. 그리고 스스로도 결코 선인은 아니라고 생각했다.

하지만 작품이나 음악 활동을 통해서 저런 것들을 흡수하여 치유할 수 있을 것 같기도 했다. 자신의 내공도 높아지고 사람들이 지닌 감정과 마음의 병도 회복할 수 있지 않을까?

지금 당장은 무리더라도 노력한다면 못할 것도 없었다. 중생을 구제하기 위해 돌아다니던 소림사의 제자들이 떠올랐다. 그것에 비교한다면 아주 많은 무리가 있겠지만 그래도 그는 백도의 몸담았던 자로서 마냥 무시할 수는 없었다. 게다가 자신에게도 이득이 아주 많은 일이기도 했다.

'그렇다면 의미 없는 인생은 아니겠구나.'

건우는 그렇게 생각했다. 건우는 이번 인터뷰에 응하기를 잘했다고 생각했다. 사람과 사람들을 만나는 것은 늘 새로운 깨달음을 주었다.

"그럼 마지막으로 시청자분들께 한 말씀 부탁드립니다."

건우는 이슬의 말에 잠시 생각하다가 내력을 끌어 올리며 최대한 평온함을 담아 입을 떼었다.

"다가오는 새해에는 항상 행복하시고 좋은 일만이 가득하길 바랍니다. 좋은 모습 보여 드리도록 노력하겠습니다."

짧은 말이었지만 그 속에 청량함이 담겨 있었다. 건우는 그저 사람들이 잠시나마 평온했으면 하는 바람을 담아 내력을 쏟아부은 것이었지만 시원한 미소와 함께 말한 모습이 정화짤로 유명해질지는 몰랐다.

이슬은 멍하니 건우를 바라보다가 다급히 정신을 차리고는 입을 떼었다.

"네! 지금까지 건우 씨와의 데이트였습니다!"

카메라가 꺼지고 이슬은 건우에게 수고했다고 말을 건네왔다.

"건우 씨, 다음에 아는 척 좀 해주세요."

"당연하죠. 잘 부탁드립니다. 조금 피곤해 보이시는데, 푹 쉬세요."

"아… 네! 고마워요."

잠시 이야기를 나누다 이슬이 먼저 사라졌다. 주위에 많은 이들이 아직도 남아 있었지만 건우에게 접근하지는 못했다. 내력을 발산하고 있기에 일반인들이 접근하기에는 무리가 있었다. 공포까지는 아니지만 본능적으로 위압감을 느껴 접근할 수 없던 것이다.

이러는 편이 건우에게도 더욱 좋았기에 굳이 존재감을 낮출 필요는 없었다. 그래도 건우를 향한 스마트폰들은 전혀 줄어들지 않았다.

'내가 유명해지긴 유명해졌네.'

건우는 그렇게 생각하며 밴으로 돌아왔다. 기다리고 있던 한상진이 몰리는 시선을 보며 씨익 웃었다.

"인기 많네. 이러다가 할리우드까지 가는 거 아냐?"

"하하, 이제라도 영어 공부를 해야 할까요?"

"대표님이 그런 말씀을 하시기는 하더라. 건우야, 너 공부 잘하냐?"

상진의 말에 건우는 고개를 저었다. 전생이나 현생에서 공부와는 인연이 없었다. 무공도 공부에 포함되기는 했지만 학문과는 조금 다른 개념이었다. 중학교 때는 제법 했지만 그 이후에는 완전 방치했다.

'해볼까?'

지금은 머리가 엄청 좋아졌기에 재미를 붙일 수 있을지도 몰랐다. 한 번 본 것은 거의 잊어버리지 않고 이해력도 범인 수준을 한참 벗어나 있었다. 아이큐를 측정해 본다면 분명 천재 범주에 들어갈 것이다.

백회혈을 뚫게 된다면 인간 범주를 벗어나지 않을까 싶었다. 그것은 입신의 경지, 즉 화경에 진입한다는 이야기였다.

사물을 보는 관점이나 생각하는 모든 것이 달라질 것이다. 그 것을 전생에서 이미 경험해 본 건우는 잘 알고 있었다.

"틈틈이 공부 좀 해야겠네요."

"그래, 젊어서 공부해야지!"

건우의 학력은 중졸이었다. 검정고시를 봐서 고등학교 졸업 장을 따기는 해야 할 것 같았다. 수능도 쳐보고 싶기는 했다. 공부는 어쨌든 시간을 들이기만 한다면 잘할 자신은 있었다.

'진희 누나가 명문 대학을 나왔다고 했던가?'

진희는 학력이 좋기로 유명했다. 그런 분위기는 느낄 수 없 어서 조금 의외이기는 했다. 건우는 시간을 투자해 공부를 해 야겠다고 생각했다.

"이제 엄청 바빠질 테니 푹 쉬어."

상진이 그렇게 말했다.

단발성이기는 하지만 마스크 싱어 출연도 있었고 그 이후 로 CF, 다음 작품 검토가 있었다.

'마스크 싱어는 1회 출연이니 여유가 좀 있겠지.'

우승자는 패배할 때까지 계속해서 출연하지만 떨어지면 그 걸로 끝이었다. 이미지의 손상 없이 다른 부분의 팬층을 끌어 모으고 몸값을 올려야겠다는 전략에서 나온 출연 결정이었 다. 실제로 마스크 싱어에서는 거물급 가수나 대형 배우들도 출연해서 많은 화제를 모았다.

시청률도 대단히 잘 나오는 편이었다. 오디션 프로그램에 질린 시청자들이 새롭게 집중하고 있기도 해서 시청률이 계속해서 올라가는 추세였다.

건우는 우승할 거라는 생각은 하지 않았다. 그냥 예능에 출연하고 무대 위에서 마음껏 노래해 볼 수 있다는 것이 끌렸을 뿐이었다.

'천천히 다음 작품을 검토하면 되겠네.'

건우는 그렇게 생각하고 오랜만에 서점에 들러야겠다고 생각했다. 기왕 마음을 먹은 거 오늘부터 공부 계획을 세운 것이다.

*   *   *

드디어 달빛 호수의 대망의 막을 내릴 주가 찾아왔다. 당연한 말이겠지만 관심이 뜨거웠다. 국내뿐만 아니라 국외에서도 관심을 가지고 있었는데, 달빛 호수는 일본, 중국을 포함한 8개국에 정식 계약을 체결했고 새로운 한류 드라마로 기대를 한 몸에 받고 있었다.

YS에서 나설 필요도 없이 건우는 해외에도 홍보가 되고 있었다. 이미 국제적 동영상 스트리밍 사이트인 미튜브를 통해 리액션 동영상을 포함한 여러 반응들이 돌아다니고 있었는데, 서양권에서도 열광적인 반응을 얻고 있었다.

한류의 대표적인 장르인 케이팝이 일부 한류 팬들에게 국한되었던 것이라면 건우와 관련된 영상은 성질이 달랐다. 케이팝 팬들이 아닌 이들이라도 영상을 보고 자신의 반응을 올리는 것이 유행이 되어가고 있었다.

과거에 한때 공포 웹툰을 보고 반응을 올리는 것도 유행한 적이 있었지만 건우의 영상은 그 호응 자체가 달랐다. 유행의 흐름을 만들어낼 정도로 엄청난 반응이었다.

어찌 보면 당연한 것인지도 몰랐다. 옥선체화신공의 영향으로 보는 이들의 감정을 공명시키는 기능이 있었기에 영상만 보더라도 저절로 몰입되고 감정이 공감되는 체험을 할 수 있었다. 비록 영상만으로는 그 효과가 아주 크게 반감된다고 하더라도 그것은 신비한 체험일 것이다.

재미있는 점은 건우의 외모에 관해서였는데, 서구권에서도 큰 반향을 일으켰다. 동양적인 외모에 대한 편견은 늘 존재했지만 건우는 그런 것 따위는 가볍게 초월한 외모였다. 오히려 어딘가 신비해서 인간 같지 않다는 평가가 많았다. CG가 아니냐는 말들이 나올 정도였다. 일각에서는 논쟁이 벌어지고 있다고 하니 한국 팬들 입장에서는 조금 우스운 일이었다.

잘생기면 어디서든 통한다는 만고불변의 진리를 처음으로 증명한 사례이기도 해서 네티즌들 사이에서도 꽤 화제가 되었다.

월요일 방영분은 충격 그 자체였다. 선악이 교차하며 바뀐 스토리의 흐름이 절정을 찍었는데 건우와 진희의 마지막 위기가 닥쳐오는 장면에서 끝났다. 그 위기를 만든 이가 다름 아닌 리온이라는 것이 더 충격적이었다.

마지막 화의 방송이 다가오는 가운데 건우는 한동안 한가롭게 지내고 있었다. 마스크 싱어에 출연하는 날짜가 다가오니 간만에 노래 연습을 하거나 구결로만 알고 있는 음공을 익히기 위해 새벽에 산속에 들어가는 등, 꽤 알차게 시간을 보냈다.

음공은 그의 생각대로 옥선체화신공과 꽤 잘 맞았다. 소리를 좀 더 유연하게 낼 수 있었고 내공의 활용을 구체적으로 분배할 수 있었다. 아직은 서툴렀기에 자칫 잘못하면 다른 사람에게 내상을 입힐 수 있어 익숙해질 때까지는 시간이 필요했다. 발성적인 부분은 연기에도 필요한 부분이라 건우는 꽤 만족하는 중이었다.

'음파를 날리거나 그런 건 힘들겠지만······.'

그럴 필요가 없기도 했다.

건우는 새벽부터 일어나 책상 앞에 앉아 있었다. 서점에서 사온 책들과 문제집이 쌓여 있었는데 진도가 엄청나게 빨랐다. 암기 과목 같은 경우에는 아예 책 한 권을 통째로 외워 버렸고 수학 같은 경우에는 원리를 이해하니 대단히 쉽게 느껴졌다.

처음에는 검정고시 정도만 고려해서 공부를 했는데 무공을 익힐 때처럼 재미를 느껴 지금은 아예 책들을 쌓아놓은 채 읽고 있었다.

영어 단어는 물론이고 일본어, 중국어에 단어집들을 통째로 달달 외웠다. 발음 같은 경우에는 미튜브 동영상을 참고했다. 특별히 따라하는 것에는 어려움이 없었다.

'공부 쪽으로 갔어도 되었겠는걸?'

물론 배우라는 직업을 택했기에 지금의 성과가 가능한 것이었다. 내공이 없었고 옥선체화신공의 공부가 낮았다면 그의 머리는 예전과 똑같았을 것이다. 정신적 깨달음은 지니고 있어 끈기와 집중력 부분에서는 다르기는 하겠지만 말이다.

'오늘은 이거나 다 외워야겠군.'

'실전 무역 영어 단어집'과 '드라마로 배우는 고급 영어 회화', 그리고 여러 수학에 관련된 서적들을 보며 그렇게 생각했다. 책 한 권을 통째로 외우는 건 건우라 하여도 시간이 꽤 걸렸다. 그래도 끊을 수 없는 중독이 있었다. 지식이 늘어난다는 것은 그만큼 깨달음을 얻을 수 있는 기회가 늘어난다는 의미였다. 그리고 그 속에서는 건우가 무공을 공부하며 얻을 수 없었던 여러 원리들이 녹아 있었다.

대표적인 부분은 수학이었다. 수학은 자연을 이해하기 위한 언어라는 말이 있다. 그가 익히고 배웠던 무공과 상통하는 부분도 많았다. 자연을 접하며 언어로써 표현할 수 없던 것들을 명확하게 나타낼 수 있는 부분은 전생이라고 하여도 할 수 없었던 일이다.

현대의 기억 때문에 지금까지 크게 느끼지 못했던 것이 아쉽기는 했다.

건우는 집중해서 책을 읽기 시작했다. 의문이 가는 부분은 인터넷에서 찾아보았다. 만약 전생에 인터넷이 있었다면 무림 맹주나 마교의 교주 정도만 닿았다는 현경에 이르렀을지도 몰랐다.

웬만해서는 건우의 집중력이 깨질 일이 없었다. 딱히 내공을 쓰지 않더라도 특별한 일이 없는 이상 앉은 자세로 반나절 정도는 최고의 집중력을 발휘할 수 있었다. 그러나 건우도 사람인지라 그 이후는 적당한 휴식을 취해야 했다.

"음?"

핸드폰이 울렸다. 건우는 아는 번호 외에는 받지 않았다. 일과 관련된 전화는 YS에서 관리를 해주니 걱정할 필요는 없었다.

전화를 받아보니 한상진이었다. 오늘 저녁에 가볍게 환영회를 하자는 이야기였다. 오늘 마지막 회를 하니 환영회를 하면서 다 같이 마지막 회를 보는 것이 어떻겠냐는 석준의 제의였다. 진희도 스케줄이 비고 동의를 해서 YS 사옥으로 온다고 한다. 건우도 스케줄이 있는 것도 아니고 하니 딱히 상관은 없었다.

'오랜만에 보겠는데.'

마지막 촬영 이후 진희와의 만남은 없었다. 석준은 가끔 건우의 숙소에 찾아와서 술을 마시고 가 자주 보는 편이었지만 진희는 가끔 통화만 할 뿐이었다. 진희가 보고 싶다고 노래를 불렀지만 건우는 그러려니 할 뿐이었다. 진희는 건우에게 호감을 품고 있었지만 일정 이상 다가오지는 않았다.

진희는 건우와는 달리 이미 몸값이 대단해서 최대한 이곳저곳에 많이 출연하고 있었다. YS로 옮기고 나서 일복이 터진 것도 한몫했다.

'연애라⋯⋯.'

왜인지 모르겠지만 연애라는 단어를 떠올리면 마음이 아파 왔다. 전생에 분명 무언가 있기는 한 모양이었다. 자신의 인생을 바꿀, 그리고 어쩌면 현생과 관련된 일일지도 모른다. 아무리 떠올려 보려고 해도 기억이 나지 않는 것이 답답했다.

무언가 계기가 필요한 것일지도 몰랐다.

'뭐⋯ 그냥 중2병이면 좋으련만.'

현생의 건우는 아주 짧게나마 여자를 사귀어본 적이 있었지만 모태솔로나 마찬가지였다. 전생에서는 기억이 없어 잘 몰랐다. 만약 전생에서도 그러하다면 전생과 현생을 통틀어 여자와의 인연이 아예 없는 불쌍한 존재일지도 몰랐다. 그렇게 생각하니 조금 억울한 부분이 있기는 했다.

"뭐 내 팔자겠지. 전생에 나라라도 팔아먹은 건가?"

건우는 피식 웃고 다시 책에 집중했다.

저녁이 되자 한상진이 찾아왔다. 한상진은 곧 실장으로 승진을 하게 되어 건우와 함께 다니는 것은 이번 주가 마지막이었다.

워낙 한상진이 좋은 사람이라 조금 아쉽기도 했다.

'그러고 보니 승엽이 연락이 없네.'

저번에 만나러 간 적이 있었는데 그때 승엽의 표정이 좋지 않았던 것으로 기억했다. 무슨 일이 있냐고 물어도 얼버무리며 지나갔다. 별일 아니겠지라고 생각하고는 있지만 마음에 걸렸다. 자신이 힘들 때 유일하게 도와준 친구였다. 승엽이 없었다면 달빛 호수의 출연은 없었을 것이다.

건우는 승엽이의 번호를 눌렀다. 통화음이 가기는 했으나 받지 않았다. 저번에 보낸 애플톡도 확인하지 않고 있었다.

'술 먹느라 바쁜 건가?'

잘난 친구이니 어쩌면 여자 친구를 사귀어서 행복하게 지내고 있을지도 몰랐다. 하지만 조금은 불길한 생각이 들어 조금 있다가 다시 전화를 해볼 생각이었다.

한상진이 숙소 앞에 도착해서 밖으로 나갔다.

"잘 쉬었어?"

"네. 바쁘신데 미안해요."

"하하, 그런 소리 마라. 내 일이다, 이건."

건우가 피식 웃자 한상진도 씨익 웃었다. 건우의 표정이 조금 딱딱하자 한상진은 그것을 알아챘다.

"무슨 일 있어?"

"아, 별일 아니에요. 그냥 친구가 신경 쓰여서요."

한상진은 고개를 끄덕였다.

"친한 친구야?"

"뭐… 친구는 그놈 하나밖에 없어요."

"잘 챙겨줘. 이 나이 되어 보니까 진짜 친구 하나만 있어도 성공한 것이더라."

건우는 고개를 끄덕였다. 건우는 의리를 알았다. 그냥 누구나 허세로 말하는 그런 의리가 아니라 진정한 의미의 의리를 알고 있었다. 건우에게 친구의 의리는 목숨을 내놓아도 아깝지 않다는 의미였다. 전생에 석준이 그러했고, 상황만 주어졌다면 건우도 그러했을 것이다.

그것은 믿음을 초월한 것이었고 혹여 상대가 그렇게 생각하지 않더라도 상관없는 것이었다.

한상진과 함께 YS 사옥으로 향했다. 조촐하게 환영회를 하는 것이니 크게 준비할 것은 없어 보였다. 그냥 술을 마시기 위한 구실일지도 몰랐다.

'본방을 보는 건 처음인데.'

왠지 오글거려서 잘 챙겨보지 않는 편이었다. 화면에 나오는 자신의 모습은 굉장히 낯설었다. 어색하기도 하고 오글거려 닭살이 돋기도 했다.

최운식에게 물어보니 원래 처음은 다 그렇다고 한다. 그러다가 그것이 어색하게 느껴지지 않는 순간, 자신의 연기를 객관적으로 볼 수 있다고 했다. 그것도 필요한 과정이라 건우는 참고 봐야 할 필요성을 느끼기는 했다.

아무튼 오늘 밤에 석준도 같이 마지막 회를 보기로 되어 있으니 참고 봐야 했다. 석준은 매 회 챙겨봤는데 이것저것 조언을 해주거나 도움을 주었다. 아무래도 배우가 속해 있기는 하지만 가수 기획사로서 성장해 왔기에 드라마나 영화 쪽 분야에 대해서는 부족한 편이어서 더 신경을 쓰는 부분이 있었다. 그나마 최운식이 든든하게 버텨주고 있었는데 이제 김진희까지 들어왔으니 본격적인 궤도에 오를 수 있을 것이다.

소속사 배우 3명이 등장하는 드라마이니 마지막 화 정도는 같이 봄직하기는 했다.

'벌써 마지막 화네.'

얼마 전에 보조 출연을 시작한 것 같았는데 벌써 마지막 화의 방영일이 되었다.

스태프들의 얼굴이 스쳐 지나갔다. 배우들도 고생이지만 역시 제일 고생하는 것은 스태프들이었다. 건우 역시 화려하고 밝을수록 그림자가 짙다는 것을 잘 알고 있었다.

'후회 없이 하자.'

전생을 떠올려 보면 후회라는 감정이 앞섰다. 건우는 이번 생만큼은 후회 없이 살다 가고 싶었다. 연기든, 노래든, 그 무엇이든 최선을 다해 도전할 생각이었다. 그러다 보면 자신이 전생을 기억하고 있는 이유를 발견할 수 있지 않을까? 전생과 현생을 잇는 어떤 고리를 발견할 수 있을지도 몰랐다.

건우의 표정이 나아지자 한상진이 살짝 웃었다. 그러다가 무언가 생각났는지 말을 걸어왔다.

"애들이 너 보고 싶다고 난리도 아니야. 오늘 꼭 온다더라."

"누구요?"

"마이걸스, 알지?"

"아… 그분들도 YS였죠."

건우가 군대에 있을 때 데뷔한 마이걸스는 스위티와 1위를 놓고 경쟁할 만큼 대단히 인기가 있는 걸그룹이었다. 작년에 정규 앨범을 내었고 지금도 예능 쪽에서 활발하게 활동을 하고 있었다. 건우도 언뜻 지나가다가 마이걸스의 리더가 진행하는 라디오를 들은 적이 있었다.

"말도 마라. 숙소에 네 사진 뽑아 붙여놓고 장난이 아니다. 요즘은 더 심해져서 완전 빠순이가 되었어. 뭐, 하기야 촬영장에서 나도 너한테 반할 뻔했잖냐. 내 성 정체성을 의심했다."

"하하… 좋은 말씀 감사합니다. 음, 근데 같은 소속사라서 예의상 그런 게 아닐까요?"

"금마들이… 예의는 무슨. 으으… 그게 있었으면 내가 그런 고생은 안 했지."

안 좋은 기억이 떠올랐는지 한상진은 한숨을 내쉬었다. 착한 아이들이었지만 그칠 줄 모르는 장난기와 너무 식탐이 심해 문제였다. 그리고 너무나 털털했다. 온갖 더러운 면을 아주 적나라하게 봐온 한상진이었다. 이제는 방귀 냄새만 맡아도 오늘 뭘 먹었는지 구분이 될 정도였다.

거기에 정이 많아 직급이 꽤 되는 한상진을 놔줄 생각을 하지 않았다. 한참 전에 로드 매니저를 벗어났고 이제 곧 실장이 되는 한상진이었지만 지금도 연락해서 징징거리기 일쑤였다.

"게다가 완전 술고래야. 진짜… 오늘 조심해."

"참고할게요."

"근데 의외로 남자 아이돌들은 좀 얌전해. 뭔가 뒤바뀐 것 같지만… 하하. 아무튼 너무 환상 같은 건 갖지 마라. 아이돌이 아니라 그냥 군대 선임이라 생각하는 게 좋을 거야."

대화를 하다 보면 묘하게 건우가 상진의 푸념을 들어주는 형태가 되었다. 건우는 피식 웃으면서 상진의 그런 한탄을 들어주었다. 그들의 화려한 과거사가 드러나자 여러모로 깨기는 했지만 아이돌도 사람이라는 생각이 앞섰다.

사옥에 도착하자 기자들이 보였다. 환영회를 한다는 것을 어떻게 알고 왔는지 자리를 잡고 있었다. 조촐한 환영회라 들었는데 기자까지 온 것이 대단히 이상했다.

건우는 고개를 갸웃하다가 사옥 안으로 들어갔다. 환영회는 사옥의 옥상에서 한다고 한다.

"먼저 올라가라. 난 신입 애들 좀 챙겨주러 가야겠어."

한상진이 그렇게 말하며 사무실로 갔다. 건우는 엘리베이터를 타기 위해 걸었다.

"건우야~"

안으로 들어가니 진희가 건우를 발견하고 달려왔다. 진희는 한껏 힘을 주고 왔는데, 조금 낯설게 느껴질 정도였다. 촬영장에서는 분장하는 모습만 보았고 평소에는 화장을 잘 하지 않았다.

'전생에 천하사미(天下四美)라고 불리던 이들도 있었는데, 전혀 밀리지 않네.'

새삼 진희의 미모가 얼마나 뛰어난지 알 수 있었다. 물론 전생과 현생의 미의 관점이 차이가 있기는 하지만 말이다. 천하사미들은 무공을 익히면서 미용에 관련된 것들도 익혔다.

때문에 현대의 미인들과 비교해도, 시대적 기준을 감안하고서라도 전혀 밀리지 않았다.

"왜 이렇게 얼굴 보기가 힘드니?"

"바쁘면 좋지."

"으으, 죽겠다. 너는 예능 안 나가? 나한테도 엄청 물어보던데……."

건우는 말을 하려다가 비밀 엄수라는 말이 떠올라 그냥 고개를 끄덕였다. 마스크 싱어의 백미는 정체를 알지 못하는 것이었다. 탈락할 때만 얼굴을 공개하니 제작진 측에서도 절대 외부에 알리지 말라고 당부했다.

"예능은 좀 나한테 어려워서."

"그냥 나가서 가만히 있어도 될 것 같은데……."

진희가 아쉽다는 듯 건우를 보며 그렇게 말했다. 건우는 피식 웃을 뿐이었다. 딱히 어렵다고 생각하지는 않았지만 기왕 속이는 거 확실하게 하고 싶었다.

사옥 옥상으로 올라가니 이미 준비가 되어 있었다. 마당처럼 만들어진 공간에 생각보다 많은 이들이 모여 있는 것이 보였다. 빔 프로젝터까지 설치가 되어 있는 것이 신기했다.

조금 놀랄 수밖에 없었다. TV에서나 보았던 가수들이 멋지게 차려입고 있었고 어떤 컨셉마저 잡은 것 같은 모습이었다.

'완전 파티 복장인데, 분위기도 그렇고.'

신나는 음악까지 흘러나오고 있어 파티 분위기가 물씬 풍겼다. 이런 분위기가 익숙하지 않았다. 이런 시끄러운 분위기보다는 조용한 분위기가 더 좋았다.

진희는 꽤 익숙한지 은근히 리듬을 타고 있었다.

건우가 나타나자 잠시 시끄럽던 주변에 정적이 일었다. 진희는 이해한다는 듯 YS 소속 가수들을 바라보았다. 진희는 이제 겨우 익숙해졌지만 처음 실물을 접하는 이들은 여간 충격이 아닐 것이다. 게다가 카메라 효과 덕분인지 처음 만났을 때보다 더 빛이 나고 있었다.

거기에 강렬한 존재감까지 더해지니 압도되는 느낌을 주었다. 건우의 앞에서는 한창 잘나가는 연예인이든, 성격이 개성 있는 가수든 절로 겸손해졌다.

해외에서는 CG로까지 불리고 있을 정도였다. 분석하기를 좋아하는 일본에서는 의사들을 데려다놓고 건우의 외모를 분석하기도 했다. 결과로 따지면 나오기 힘든 완벽한 골격을 지녔다는 결론이었다.

건우가 진희와 함께 안으로 걸어 들어왔다. 대부분 아는 얼굴들이었지만 건우와 일면식은 없었다. 그나마 알고 지내는 한별이 보여 그에게 다가갔다. 한별은 조금 당황한 듯 주춤거렸다. 주변에 있던 다른 가수들도 그러했다.

"안녕하세요? 오랜만이네요."

"그, 그러네요. 자, 잘 지내셨나요?"

연예인 중의 연예인이라 불리던 한별이 유난히 초라해 보였다. 같은 그룹의 멤버들도 그것을 느낀 듯 어색한 표정이 되었다. 한별과 이야기를 나누고 있던 마이걸스의 리더 예진은 아예 넋을 놓고 건우를 바라보고 있었다.

진희 역시 중간에 껴서 어색하게 서 있을 수밖에 없었다.

"오! 왔냐? 응? 분위기 왜 이래?"

석준이 들어오더니 눈을 깜빡이며 그런 말을 내뱉었다. 음악이 시끄럽게 흐르는데 모두 정적을 지키고 있는 것이 이상했기 때문이다. YS는 늘 밝은 분위기였고 파티는 자유분방했다. 지킬 것만 지키면 터치를 하지 않았다.

음악을 하는 사람들은 그러한 분위기 속에서 영감을 받는다고 생각했기 때문이다. 덕분에 이런 자리가 있을 때면 늘 머리가 아플 정도로 시끄러웠고 흥이 나는 분위기였다.

"이열~ 우리 이 배우 더 잘생겨졌네. 아주 빛이 나네. 음음!"

석준은 건우를 예뻐 죽겠다는 눈빛으로 바라보았다. 건우를 만나고부터 좋은 일만 계속 있으니 그럴 수밖에 없었다. 석준은 자기 잘난 맛에 살던 아이들이 겸손한 표정이 된 것을 보자 피식 웃었다. 다들 한 외모 하는 이들이라 그러한 기분은 처음 느끼는 것일지도 몰랐다.

자신이 잘났다고 생각했던 것이 무참하게, 처절하게 무너지는 순간 새롭게 도약하느냐, 아니면 절망하느냐가 결정될 것이다. 그 정도까지는 아니더라도 건우의 존재는 여러모로 소속 가수들에게 좋은 약이 될 것 같았다.

건우는 주변을 두리번거리며 연예인 구경을 했다. TV에서나 보던 가수들을 눈앞에서 보니 신기했다. 건우의 존재감 때문인지 모두 건우를 어려워했고 그나마 한별만이 말을 건네왔다. 그마저도 조심스러웠다.

"가볍게 한다면서요?"

건우가 석준에게 물었다. 건우는 간단한 회식 장소인 줄 알았다. 하지만 돌아가는 분위기는 전혀 그렇지 않았다. 석준은 바글바글한 소속사 가수들을 보면서 피식 웃었다.

"힘들게 올 필요 없다고 했는데 너 온다고 하니까 다 몰려오더라."

바쁘게 앨범 준비를 하고 있는 가수들도 있어 강제하지는 않았다. 진희만의 환영회였다면 참가자들 수는 반 이하였을 것이다. 그러나 건우가 온다는 말이 퍼지자 다들 바쁜 와중에도 모습을 드러냈다.

YS에서도 건우에 대한 이야기는 신비스러운 구석이 많았다. 건우와 녹음 작업을 한 관계자들은 만나는 사람마다 극찬을 했다. 석준이 참가했음에도 녹음을 한 번에 끝낸 전설을 만든 장본인이었다.

고전을 면치 못하고 있던 YS 음원 시장의 구세주이기도 했다.

건우는 자신이 음원 차트 1위를 한 것에 별다른 생각은 없었고 달빛 호수의 효과라 여기고 있었지만 실상은 달랐다.

YS가 야심차게 준비한 마이걸스의 리더 예진의 솔로 앨범이 생각보다 저조한 반응을 보이며 다른 소속사들이 내놓은 정규 앨범이 차트를 휩쓸고 있는 상황이었다. 예진을 스타트로 이제 데뷔하는 연습생들의 앨범을 내려는 상황이었는데 첫 스타트가 처참하게 망하니 자연적으로 조금 시기를 늦춰 보자는 말이 나오고 있었다.

YS를 제외한 3대 소속사의 가수들뿐만 아니라 비교적 약세로 평가받는 소속사의 아이돌 그룹도 마치 칼을 갈고 나온 것처럼 좋은 곡을 들고 나와 꽤 대단한 성적을 거두었다.

그러한 상황 속에서 YS의 명예를 지킨 것이 바로 건우였다. 온갖 가수들이 난무하는 상황에서 음원 차트를 평정해 버렸다. 단순히 평정한 것이 아니라 한동안 1위를 지켰고 지금도 5위권 안에서 오르락내리락 하고 있었다.

음원 성적도 좋고 녹음에서도 전설을 만들어낸 건우였으니 관심이 폭발적인 것은 당연했다. 그게 아니더라도 선풍적인 인기를 끌고 있으니 YS 소속 사람들이 일부러 시간을 내서 참가해도 이상하지 않았다. 이미 여러 연예인들이 이상형이라고 커밍아웃을 한 상태였다.

특히 리온과 같은 소속사인 시연은 건우 덕후로 유명해지고 있었다.

진희의 존재감은 거의 없어져 버렸다. 어지간한 아이돌과는 급이 아예 다른 진희였지만 지금은 별다른 관심을 받지 못하고 있었다. 하지만 기이하게도 그런 취급에 익숙해진 진희였다. 이미 리온과 스태프들에게 그런 취급을 당한 전력이 있었다.

"저기……."

한별이 수줍은 미소를 그리며 건우에게 다가왔다.

남다른 포스를 자랑하던 한별이라고는 생각할 수 없는 모습이었다. 패셔너블한 모습과 특유의 멋은 한별만이 소화할 수 있다는 말까지 나올 정도였는데, 지금은 그냥 지나가는 일반인처럼 보일 정도였다.

한별을 따라온 다른 가수들을 소개받았다. 마이걸스의 예빈이 눈에 띄었다. 건우가 군대에 있을 때 선풍적인 인기를 끈 아이돌 그룹이었다. TV에서 마이걸스의 음악이 나올 때면 씻고 있던 선임들이 그대로 뛰쳐나와 멍하니 TV를 보다가 다시 돌아간 적도 많았다.

"오… 역시 한별 선배님……."

"아는 사인가 봐."

주위에서는 그런 소리를 해대고 있었다.

예빈은 엄청나게 활동적인 성격이었지만 건우의 앞에서는 상당히 조신했다. 한별이 어이없다는 눈으로 바라볼 정도였다.

*   *   *

예빈은 YS에서 배테랑에 속하는 가수였다. 마이걸스는 YS 대표 아이돌 그룹으로 부끄러운 이야기이기는 하지만 미국에 진출했다가 소정의 성과밖에 거두지 못하고 리턴해야만 했던 전적이 있었다. 그래서 지금도 잘나가지만 예전에 비한다면 한풀 꺾였다는 평가가 많았다. 그도 그럴 것이 파릇파릇한 새로운 아이돌들이 연이어 데뷔하고 있었고 실력도 그렇게 밀리지 않았기 때문이다. 시연과의 라이벌 구도도 이제는 조금 퇴색된 느낌이었다.

그녀가 모처럼 YS 사옥에 온 이유는 석준이 환영회를 한다고 했기 때문이다. 일반 신인 가수의 환영회였다면 가지 않았겠지만 오늘은 달랐다. 멤버들과 함께 아침부터 샵을 갔다 와서 잔뜩 힘을 주었다. 누가 본다면 시상식이라도 가는 줄 알았을 것이다.

예정보다 일찍 YS 사옥에 올라가니 한별이 보였다. 아이돌로 시작했지만 실력파 뮤지션으로 인정을 받고 있는 한별은 YS에서도 가장 유명한 인물이었다. 곱상하게 생긴 외모와 독특한 목소리는 연예인들의 연예인이라는 별명을 만들어 주었다.

"왔냐?"

살짝 손을 올리는 모습도 흔히 말하는 스웩이 넘쳐흘렀다. 한별의 뒤에서 그의 멤버들도 독특한 매력을 발산하고 있었는데 좋게 말하면 개성이 넘쳤고 나쁘게 말하면 특이했다. 많은 팬들을 가진 그룹다운 모습이기는 했다.

예빈은 한별과 꽤 친한 편이었다. 덕분에 스캔들이 나기도 해서 곤욕을 치루기도 했다. 비밀이기는 하지만 한별은 이미 여자 친구가 있었다. 연예인이 아닌 일반인이었다.

"와야지 그럼. 건우주신님 봐야 하는데."

한별은 예빈의 말에 피식 웃었다.

"오빠는 실제로 같이 작업도 했었잖아? 어때? 진짜 소문대로야?"

"장담하는데……."

예빈은 방송가에서 건우를 직접 본 이들의 말을 들은 적이 있었다. 대한민국의 대표 미남 배우들을 볼 때면 후광이 비추는 것 같고 다리의 힘이 풀린다는 말들도 있었다. 예빈도 그런 것에 대해 어느 정도 동의는 했다. 실제로 그러한 배우를 보며 감탄을 한 적이 있었기 때문이다.

그런데 건우는 그런 것을 가볍게 뛰어넘었다는 말들이 나왔다. 화면상으로만 보아도 살이 떨렸기에 신빙성이 없는 이야기는 아니었다.

한별은 주변을 둘러보다가 다시 예빈을 바라보았다.

"여기 온 애들 다 정신이 나갈걸?"

지 잘난 맛에 살던 놈들은 다 자괴감을 느낄 것이다. 한별, 그 역시 그랬으니까. 외모도 충격 그 자체였지만 건우의 음악적 재능은 한별을 좌절 상태로 만들었다. 그 목소리 톤과 감정이입 능력은 압도 그 자체였다. 지금까지 그가 알고 있던 음악적인 기준을 너무 올려 버렸다. 기존에 만들었던 곡의 대부분을 폐기할 정도였다. 그의 외국 친구들에게 들려줬는데, 아직까지도 누구냐고 묻고 있었다.

한별이 여기저기서 목을 빳빳하게 세우고 있는 후배 아이돌들을 비웃었다. 석준이 뽑은 이들답게 예의가 바르고 기본적으로 인성이 되어 있기는 했지만 인기뽕이라는 것은 참으로 무서운 것이었다. 인기에 취해 자기가 진짜 위대한 사람인 것처럼 착각하기에 이르기도 했다. 한별 역시 그러한 경험이 있어 직접적으로 뭐라고 말하지는 않았다.

한별은 요즘 작업실에서 살다시피 했다. 열등감을 넘어 자괴감에 빠졌기 때문이다. 일반인이 아니라 대중의 관심을 먹고 사는 연예인이라 더 그런 부분이 있었다.

"그래? 친해질 수 있을까? 나랑 나이도 같다던데. 잘하면……"

한별은 예빈의 그런 말에 별다른 대답을 하지 않고 그냥 고개를 설레 저을 뿐이었다.

예빈은 오랜만에 모인 선후배들과 이야기를 하며 파티 분위기를 즐겼다. 노래 선곡도 좋아 클럽에 온 것 같은 분위기가 물씬 풍겼다. 다들 한 인물 하는 이들이라 분위기는 더 흥이 났다.

"왔어! 왔어!"

"진짜?"

"방금 보고 왔는데 장난 아님. 와… 미쳤어. 김진희도 있는데 아예 안 보여."

분위기가 순식간에 소란스러워졌다. 잠시 뒤, 소문만 무성했던 이건우가 나타났다. 예빈은 활발한 모습으로 접근하려 했지만 건우를 본 순간 말을 잊었다. 그것은 모두 마찬가지였다.

예빈은 한 사람만 보인다는 것을 처음 경험했다. 동공이 확장되어서인지 마치 빛이 나는 것처럼 보였다. 단순히 외모가 뛰어난 것이 아닌 주변 공기를 무겁게 만들고 내려찍는 무언가가 존재했다. 예빈은 어째서 건우를 목격한 이들이 그런 말을 했는지, 왜 '건우주신' 또는 '건우주본좌'라고 불리는지 드디어 이해할 수 있었다.

진희와 다정하게 이야기를 나누고 있었는데, 완전 다른 세계의 사람인 것 같이 느껴졌다. 들떠 있던 분위기가 순식간에 가라앉을 정도였다. 친해지고 싶었지만 호감을 넘어 신성하게까지 느껴지니 다가갈 수가 없었다.

"소개시켜 줄게."

"어? 어, 응."

예빈은 한별을 따라 건우의 앞에 섰다. 한별과 나란히 서 있는 건우를 보니 한별이 그냥 일반인으로 보였다. 외모는 상대적인 거라 생각했지만 이렇게 보니 정말 그 말이 맞는 것 같았다. 어째서 같이 사진 찍기 싫은 연예인 1위에 뽑혔는지, 오징어 메이커라는 별명을 가지게 되었는지 절실하게 이해가 되었다.

엄청난 팬덤을 거느린 빅뷰의 다른 멤버들도 옆에서 찌그러져 있는 것 같았다. 예빈은 건우와 대화를 했지만 무슨 대화를 했는지 기억이 잘 나지 않았다.

"오! 시작한다. 음악 꺼!"

석준의 말에 음악이 꺼졌다. 달빛 호수의 마지막 화가 시작했기 때문이다. 강제로 보게 하는 것이 아니라 보는 사람은 보고 놀 사람은 노는 그런 형식이었지만 누구도 자리를 뜨지 않았다. 이 자리에 건우가 있는데 그런 짓을 했다가는 왠지 눈 밖에 날 것 같았기 때문이다. 게다가 여기 온 모두는 달빛 호수를 본 적이 있었다. 건우가 어색한 듯 잠시 밖으로 나가 아쉬웠지만 달빛 호수가 시작된 순간부터 순식간에 몰입이 되었다.

너무 몰입되어서 남주인공인 리온을 욕하는 이들도 있었다. 라이벌 소속사의 가수였기에 더더욱 그런 면이 있었는데, 예빈이 보기에도 리온은 너무 찌질하고 악독하게 나왔다. 연기를 은근히 못했지만 그런 면과 잘 맞물려 오히려 사악함이 부각되는 면이 있었다.

처음부터 끝까지 눈을 뗄 수가 없었다. 드라마 액션의 새로운 지평을 연 달빛 호수의 액션신은 손에 땀을 쥐게 했다. 건우가 검에 베였을 때는 마치 자신이 베인 것 같은 착각이 들 정도로 서늘했다. 오금이 저리는 느낌을 받을 정도였다.

극의 내용이 마지막으로 달려가며 절정에 이르렀다. 눈 내리는 갈대밭에서의 장면은 대단히 몽환적이었다. 처절함이 느껴지는 칼부림은 영상미의 끝이었다.

리온이 죽고 건우가 죽어가자 절로 눈시울이 붉혀졌다. 처절함 속에 핀 애절함이 절실하게 느껴졌다. 몰입이 워낙 잘 되어 자신이 꼭 주인공이 된 것 같은 기분이 들었다.

건우가 죽자 진희는 그곳에서 얼어 죽었다. 그리고 그 자리에 호수가 생기는 장면으로 대망의 엔딩이 장식되었다.

새드엔딩이 흔하지 않은 것은 아니었다. 그러나 달빛 호수는 무언가 특별했다. 일단 보고 있으면 절로 빠져들어 헤어나올 수가 없었다. 마치 마약 같은 느낌이 들 정도였다. 흡입력이 대단해서 그 슬픔이 너무나 가슴에 와닿았다.

가슴이 쿵쾅거렸다. 건우가 실제로 죽은 것처럼 느껴졌다.

"훌쩍."

"흐윽……."

예빈도 코를 훌쩍이며 여운에 젖을 수밖에 없었다. 건우가 다시 밖에서 들어왔는데 그 순간 예빈의 눈에서 눈물이 떨어졌다.

건우는 갑작스럽게 눈물바다가 된 광경에 눈을 깜빡일 수밖에 없었다.

"살아 있었네."

"…왜 그러십니까?"

눈시울이 붉어진 석준의 말에 그렇게 대답할 수밖에 없는 건우였다.

달빛 호수의 시청이 끝나고 본격적으로 술자리가 있을 예정이었다. 그러나 여운이 너무 심해 분위기가 잘 나지는 않았다. 그래서 건우에게 결국 앞으로 같이 일할 매니저를 소개시켜 주고 다음에 다시 술자리를 하기로 했다.

"누나는 또 왜 울어?"

"슬프잖아. 건우가 죽었어."

"누나도 죽었으면서."

진희는 촬영을 한 당사자라 더 감정 몰입이 심한 것 같았다. 건우는 승엽이 마음에 걸려 스마트폰을 바라보았다. 석준이 굳어 있는 건우의 얼굴을 보고는 다가왔다.

"무슨 일 있어?"

"승엽이 알죠? 갑자기 연락이 안 되어서요."

"아, 그 친구?"

석준은 알 수 없는 미소를 그렸다. 술자리가 있을 때 승엽을 데리고 온 적이 있었다. 그때 진희도 있어서 승엽이 어버버거리다가 실수를 엄청 많이 했었다. 건우처럼 즉석에서 오디션도 봤는데, 석준과 최운식에게 엄청 깨져서 의기소침했던 적이 있었다.

그날 엄청 취한 승엽을 건우가 집에 데려다주었다.

'혹시 그때 일로 상처를 받았나?'

그래서 더 마음에 걸렸다. 친구라고는 승엽밖에 없었다. 전생의 기억이 온전하지 않기는 했지만 지금 떠오르는 기억 속에서도 승엽과 같은 친구는 없었다.

현생에서 건우는 승엽을 질투했다. 열등감에 사로잡혀 연락을 끊는 졸렬한 짓을 한 것이다. 승엽의 성격상 그럴 리가 없다고 생각했지만 무슨 일이 있는 것보다는 차라리 그게 나을 것이라는 생각이 들었다.

석준이 심각해진 건우의 얼굴을 보고는 피식 웃었다.

"건우야, 신입 매니저인데 괜찮지? 매니저 경험은 있으니 일은 잘할 거야."

"네? 저는 상관없어요."

데뷔와 동시에 확 뜬 건우였지만 건우 자신도 신인이었다. 그리고 되도록이면 석준의 의견을 따를 생각이었다.

석준과 건우는 따로 자리를 옮겼다. 진희는 이미 매니저와 코디가 배정되어 있어 따라오지는 않았다. 회의실로 옮겼는데 잠시 기다리자 문을 열고 신입 매니저가 들어왔다.

스마트폰을 보고 있던 건우가 고개를 들었다. 건우의 눈이 커졌다. 놀란 적을 단 한 번도 보여준 적이 없는 건우의 표정이 놀람으로 물들어갔다.

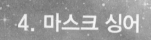

4. 마스크 싱어

"뭐야, 너."

"호호, 신입 매니저 이승엽입니다."

"미친."

승엽의 뒤에서 석준이 웃고 있었다. 건우가 황당한 표정으로 석준을 바라보았다.

"이 친구가 탐나서 말이지. 마침 짧기는 하지만 이쪽 경험도 있고."

"이래서 연락이 안 된 거구나."

"계속 교육받았거든. 상진이한테 교육받았으니 잘할 거야."

본래는 그냥 말하려고 했는데 석준이 깜짝 이벤트로 준비하자고 해서 말을 안 했다고 한다.

그 의도는 정확히 적중했다. 무공을 익히면서 좀처럼 놀라지 않았던 건우를 놀라게 했으니 말이다. 불안감이 사라지고 안심이 되면서 허무함이 밀려왔다.

건우가 승엽에게 물었다.

"괜찮겠어?"

"뭐, 언젠가는 써먹겠지. 나도 네 덕 좀 보자."

"학교는?"

"이번에 졸업이잖아."

건우는 고개를 끄덕였다. 승엽이 씨익 웃으며 건우의 어깨를 쳤다.

"형이 잘 챙겨줄 테니 걱정 마라."

"그래, 잘 모셔라."

승엽과 함께하면 여러모로 편하고 좋았다. 워낙 오래전부터 알고 지낸 사이라 눈빛만 봐도 알 정도니 말이다.

"술 마시러 가자. 오늘 같이 좋은 날을 그냥 보낼 수는 없잖아?"

이제 여운에서 완전히 벗어난 석준이 그렇게 말했다.

그날, 해가 뜰 때까지 술을 마신 건우였다.

*   *   *

대한민국이 눈물바다가 되었다. 그 말이 가장 적합할 것이다. 달빛 호수 마지막 화는 결국 시청률 35%를 찍었고 퓨전 사극의 새로운 역사를 썼다.

리온의 연기력 부분에는 조금 아쉬움이 있었지만 역대급 액션신, 영상미, 그리고 처음부터 끝까지 흥미진진했던 스토리의 삼박자가 어울려 명작의 대열에 이름을 올리게 되었다. 흔한 스토리가 아니라 작품성까지 겸비하게 되어 더욱 가치가 있었다.

달빛 호수의 저조했던 시청률을 폭발적으로 상승시킨 일등 공신은 바로 건우였다. 누구나 다 공감하는 내용이었다. 회를 거듭할수록 미친 존재감과 외모를 뽐내었고 그 마무리까지 완벽하게 장식했다. 연기력은 극찬을 받아도 부족할 정도였다. 뒤통수를 맞은 것처럼 감정의 몰입을 선사하는 연기력은 중견 연기자들 사이에서도 화제가 될 정도니 말이다. 게다가 인성 또한 훌륭하다고 소문이 났고 실제로 그것을 증명해 보이기까지 했다.

여학생을 구하는 영상은 해외 토픽에까지 올라갔는데 한국판 히어로라는 타이틀로 엄청난 반응들을 불러왔다. 미튜브 조회 수가 가히 폭발적으로 늘어나 YS는 싱글벙글했다. 가만히 앉아만 있어도 절로 홍보가 되니 그럴 수밖에 없었다. 그냥 홍보 효과도 아니고 전 세계적인 홍보 효과였다.

처음에는 강철 인간, 하이퍼맨 등 히어로의 이름으로 불리었지만 얼굴이 자세히 공개되면서 기이하게도 엘프로 명칭이 바뀌었다. 동양적인 신비스러운 느낌과 함께 인간을 초월한 듯한 외모는 그런 이름을 붙이기에는 충분했다.

달빛 호수의 영상들이 퍼져 나가고 나서부터 더욱 그런 명칭으로 굳어졌다.

얼마 후에 스페셜로 방영된 메이킹 필름 영상이 공개되자 그 흐름은 절정을 찍었다. 건우가 멧돼지로부터 진희를 구하기 위해 욕조 앞을 막아서는 장면은 건우의 이미지를 한 차원 높은 곳으로 또다시 올리는 데 아주 큰 역할을 했다. 난장판 속에서 오로지 건우만이 반응했고, 또 막아서는 모습이 꼭 무협 영화의 한 장면을 보는 것 같았기 때문이다. 조작이라는 말이 나올 수도 있었지만 멧돼지는 결코 CG따위가 아니었고 그런 걸 만들 이유도 없었다.

건우는 그야말로 남들과는 차원이 다른 화제를 몰고 다녔다. 이제 이건우가 1위에 오르면 또 무슨 일이 있었나 궁금해하는 이들까지 있을 정도였다.

"야, 진짜 멧돼지랑 한판 뜨려고 했냐?"

"응? 아, 뭐, 그렇지."

"옛날부터 바보라는 건 알고 있었는데……."

건우는 단어집을 보다가 승엽에게 시선을 돌렸다. 승엽은 어이없다는 표정이었다. 영상을 보니 마르긴 했으나 덩치가 분명 커다란 멧돼지였다.

"저번에도 간이 철렁했는데, 약과였네."

"내가 옛날부터 싸움은 잘했잖냐."

"멧돼지한테 잘도 통하겠다."

"싸웠으면 이겼을걸?"

건우의 말에 승엽은 한숨을 내쉬었다. 건우는 지금 마스크 싱어 녹화를 가는 중이었다. 승엽은 나름 능숙하게 건우를 잘 챙겼다. 원래 남을 잘 챙기는 스타일이었고 매니저 일이 적성에 꽤 맞는지 힘들어하는 기색은 전혀 없었다. 오히려 한상진보다 싹싹해 건우가 감탄할 정도였다. 건우보다 오히려 승엽이 작가들이나 FD들과 금방 친해지는 걸 보면 승엽의 친화력이 얼마나 강력한지 알 수 있었다.

이미 몇 번 정도 밴드와 연습해서 마스크 싱어 녹화 스튜디오로 가는 것이 낯설지는 않았다. 리허설을 하고 녹화에 들어가는 건 처음이지만 건우는 전혀 긴장하지 않았다.

방송으로는 2주로 나눠서 방영될 분량을 오늘 다 찍게 된다. 녹화방송이기는 하지만 관객들 앞에서 노래를 해야 했고 실수는 용납되지 않기에 정신을 바짝 차려야 했다.

"연습 안 해도 괜찮아? 지금 옥탑방 김밥 누나가 3연승 중이던데."

"옥탑방 누나? 아… 그 김밥 가면 쓴 분이지?"

정식 명칭은 '잘 말렸네, 김밥 누나'였다. 세련된 창법으로 불렸는데, 청명한 음색이 특징이었다. 우승자는 보컬 황제라 불리는데, 늘 쟁쟁한 도전자들이 나와 3연승하기는 쉽지 않은 일이었다. 그런 대단한 실력자가 지금 최초로 4연승을 노리고 있다고 하니 건우는 참가하는 데 의의를 두고 있었다.

"지금 연습해도 늦었어. 결승까지만 올라가도 좋겠다. 그래도 준비한 노래는 다 불러야지."

"천하의 이건우가 왜 그러냐, 패기 없게."

건우는 승엽의 말에 피식 웃었다. 우승에 욕심이 없지는 않았으나 그보다도 무대를 즐기고 싶었다. 그런 큰 무대에 서는 것은 처음이었기 때문이다.

'내공을 더 얻을 수 있겠지.'

옥선체화신공의 공부도 더 깊어질 계기가 될 것이다. 그렇기 때문에 참가하는 데 의의를 두면서도 모든 것을 쏟아부을 생각이었다.

"음, 하긴 우승은 좀 힘들려나? 김밥 누나가 빅소울의 이혜연이라는 추측이 있던데."

"그래?"

이혜연은 소울계의 대모 같은 존재였다. 건우도 노래방에 가면 빅소울의 히트곡을 불렀으니 말이다. 같이 겨뤄보는 것만으로도 영광이었다.

'비무행 때 느낌이 나네.'

건우는 승엽의 말을 들으니 오히려 더 의욕이 치솟았다. 검으로 세상을 논할 때 단 한 번도 자신보다 약한 이들에게 도전한 적이 없었다. 자신의 한계를 측정하는 척도는 강자와 부딪혀 알아내는 방법뿐이었다.

"긴장해서 삑사리 내지 마라. 이미지 다 날아간다. 너 중학교 때 자주 그랬잖아."

"아니야. 공연 때도 그랬어."

방송국에 도착하자 마중 나와 있는 FD가 보였다. 승엽이 도착하기 전에 미리 연락해서 딱 맞춰 나올 수 있었다. 카메라도 있었는데 건우가 내리는 영상을 따려는 것 같았다. 건우는 미리 받은 가면을 썼다.

태양을 형상화한 가면이었는데 익살스러운 가면과는 달리 상당히 고급스러웠다. 가면을 제작하는 디자이너가 건우의 모습을 보고 공을 들여 만들었다고 한다.

건우가 내리자 카메라가 바로 따라붙었다. 건우가 가볍게 인사를 하자 검은 양복을 입은 경호원들이 나타나 마치 호송하듯이 둘러싸더니 이동하기 시작했다. 건우는 미리 언질받은 것이 있기에 당황하지는 않았다.

출입 통제라는 간판이 있는 곳을 지나자 대기실이 나왔다. 대기실 바로 앞까지 경호원들이 안내해 주었는데, 화장실까지 따라온다고 한다.

'반짝반짝 황금태양.'

마스크 싱어에서 건우가 쓸 별명이었다.

대기실 주변은 보안이 삼엄했다. 실제 보안 직원을 쓰는 것은 아니었지만 작가들이나 PD밖에 출입할 수가 없었다.

"어디 가실 때 꼭 말씀하시고 나가주세요."

"네."

"리허설 순서는 스케줄 표에 적혀 있으니까 참고해 주시고요."

스태프들은 바빠 보였다. 무대 준비로 정신이 없는 와중이었다. 리허설 때 음악 감독과 함께 음향 장비를 조율해야 하니 리허설도 대단히 중요했다.

음악 감독은 마스크 싱어의 숨은 공신이었는데 보컬 조정부터 무대 점검까지 모두 다 관여했다. 그리고 가수에 맞게 선곡을 추천하기도 하고 편곡까지 담당했다. 라이브 밴드와의 연습은 딱 하루 정도밖에 하지 않았다.

예능은 드라마와는 전혀 다른 시스템으로 돌아가고 있었다. 삼엄한 보안에 승엽도 꽤 놀란 눈치였다. 대기실에는 무대

를 모니터링할 수 있는 TV도 설치되어 있었고 여러 가지 간식
도 구비되어 있었다. 혼자 쓰기에 넓기는 하지만 다른 참가자
들과 같이 쓰거나 하지는 않았다.

"대진표도 봤어?"

승엽이 대진표를 보여줬다.

준비된 곡은 총 세 곡이었는데 8명씩 참가해 토너먼트로 겨
루는 형식이었다. 결승까지 간다면 세 곡을 모두 부르게 되는
것이다. 건우는 처음과 두 번째 노래는 발라드로 하고 마지막
곡은 락으로 정했다. 아무래도 그런 임팩트 있는 장르가 우승
확률이 높았기 때문이다.

"마지막이네."

건우의 차례는 마지막이었다. 탈락할 생각이면 먼저 하는
편이 좋았다. 순서도 마지막이겠다, 기왕 이렇게 된 거 끝까지
처절하게 남아볼 생각이었다.

"오늘 녹화 길어질 테니 준비해라."

"오, 자신감 좋네."

건우는 소파에 앉아 눈을 감고 옥선체화신공을 운용했다.
몸 상태를 최고로 만들기 위함이었다.

꽤 긴 시간을 대기한 뒤 리허설을 했다. PD는 건우의 무대
를 신경 쓰는 듯 꽤나 세심하게 동선까지 체크해 가며 무대
리허설을 했다. 인이어를 껴보는 것이 낯설었지만 적응해 보니

꽤 괜찮았다. 스튜디오 시설도 좋고 라이브 밴드는 건우가 이제껏 경험해 본 밴드와는 비교도 할 수 없을 정도로 실력이 있었다.

노래뿐만 아니라 중간에 토크 시간까지 리허설을 했는데 건우는 즉석에서 나오는 것인 줄 알았지만 알고 보니 대본에 다 있는 것이었다. 탈락한 것을 가정하고 가면을 벗는 것까지 연습했다. 아나운서 출신인 MC 한성수와 몇 번 멘트 호흡을 맞춰보았다.

개인기도 해야 했는데, 건우는 개인기로 가볍게 발차기 정도를 하기로 했다. 라디오 모양의 복면을 쓴 그의 상대는 이상한 성대모사를 연습했다. 가수 출신인 것 같았는데 개그감이 상당한 모양이었다.

리허설을 마치고 조금 지나자 관객들이 들어왔다. 관객석 위쪽의 패널석에 패널들이 자리 잡았고 한성주가 아닌 다른 보조 MC가 올라가 관객들과 호흡을 조율했다. 흔히 바람잡이 MC라 불리는 이들이었다.

드디어 본 녹화에 들어갔다. 건우는 스태프들이 가져다준 마치 주술사 같은 복장을 입고 대기실에서 무대를 지켜봤다. TV에서 볼 때와는 다르게 호흡이 조금은 길었다.

MC 한성수의 노련한 진행을 바탕으로 노래 경연이 시작되었다.

'잘 부르네.'

건우도 관객들처럼 정체를 추측하기 시작했다. 아무리 건우라고 하더라도 투시 능력 같은 초능력은 지니고 있지 못했다. 그러한 무공이 있을 법도 했지만 아쉽게도 건우의 기억 속에는 없었다.

그래도 정체를 쉽게 짐작할 수 있었다.

아무리 목소리를 바꾸려 노력해도 건우의 귀를 속일 수는 없었는데, 건우가 알고 있는 자라면 금방 정체를 맞힐 수 있었다.

'음… 음공을 익히길 잘했어.'

그냥 옥선체화신공의 능력을 믿고 불러도 괜찮겠지만 마스크 싱어라는 프로그램의 특성상 자신의 정체를 숨겨야 했다. 음공의 경지는 무척이나 낮았지만 내력을 바탕으로 목소리를 조금 조절하는 것은 가능했다. 음파를 발산한다거나 그런 것은 무리였다. 아무리 건우가 깊은 깨달음을 지니고 있더라도 본격적으로 기간을 두고 익혀야 그 정도의 성과가 나올 것이다. 지금 그러한 능력은 전혀 필요가 없었고 목소리 톤만 조금 조절할 수 있으면 되었다.

연습 때 사용해 보니 반응이 상당히 좋았다. 음악 감독뿐만 아니라 라이브 밴드도 크게 놀라며 감탄하는 반응을 보여 주었다. 준비된 마지막 곡을 연습했을 때는 건우를 보는 눈이 완전히 바뀌었다. 그것 때문에 제작진이 긴급하게 회의에 들어갔지만 건우는 모르고 있었다.

참가자들의 노래를 들어보니 조금 흥분이 되었다. 빨리 저 무대에 나가서 불러보고 싶었다. 이러나저러나 현생의 자신은 노래와 떨어질 수 없는 관계였다. 가장 많은 시간을 투자했고 그럭저럭 인생을 걸어보려 했다.

건우는 소파에 앉아 눈을 감고 내부를 관조했다. 마치 비무행에 나가는 무인처럼 몸의 상태를 점검하고 최상의 상태로 만들었다.

건우의 순서가 되었다. 카메라와 함께 경호원들이 들어왔다. 건우가 복도에서 무대로 나가는 것까지도 촬영을 하는 모양이었다.

"황금태양님, 이동하시겠습니다."

그런 소리와 함께 경호원에 둘러싸여 무대로 향했다. 무대 뒤에서 나갈 순서를 기다렸다. FD가 대기하며 MC의 멘트를 듣고 있었다. 작가들이 주문한 것처럼 당당하고 조금은 오만한 걸음걸이로 나가야 했다.

[울려 퍼지는 마성의 목소리! 골목길 라디오 스타!]

성우의 목소리가 울려 퍼지자 건우의 상대가 먼저 나갔다. 라디오 머리를 하고 있었는데 몸매를 보면 여성이었다.

골목길 라디오 스타가 나가자 관객들이 환호성을 질렀다.

그녀가 MC 한성수 옆에 서자 드디어 건우의 차례가 되었다. 상당히 오래 기다렸지만 건우의 몸이 굳을 리 없었다.

'가자.'

그동안 한 공연을 생각해 보면 후회만이 가득했다. 예능이 기는 하지만 그래도 현생에서 가장 노력했던 것을 제대로 보여주고 싶었다. 건우는 내력을 끌어올렸다. 강렬하게 발산되는 존재감이 그의 각오를 보여주었다.

[이에 맞서는 하늘 아래 두 개의 태양은 없다! 반짝반짝 황금태양!]

건우가 걸어나가기 시작했다. 리허설 때와 마찬가지로 오만한 걸음이었지만 강렬한 존재감이 합쳐지자 마치 왕과도 같은 모습이 되어버렸다. 그저 걸어 나오는 것만으로도 남다른 포스가 느껴졌다.

건우는 한성수 옆에 섰다. 무대 주위로 펼쳐져 있는 관객석에 관객들이 가득 찬 것이 보였다. 그리고 그 가운데에는 패널들이 있었다. 개그맨, 가수, 작곡가를 포함해 총 8명이었는데 모두 이름만 들어도 알 법한 이들이었다.

특히 덩치가 큰 개그맨이 눈에 띄었다. 독설가로 유명한 이가라였다. 독설로 유명해졌지만 지금은 개그로 잘 승화시켜 꽤 인지도가 있었다.

"와아아아아!"

관객들의 박수가 끝나자 패널들이 감탄하는 말들을 했다.

"오, 저 친구 기럭지가 장난 아니네."

"뭔가 포스가 느껴지지 않나요?"

가라의 말에 옆에 있던 후배 여자 개그맨 신호봉이 그렇게 말했다. 가면으로 얼굴을 가리고 펑퍼짐한 옷을 입고 있기는 했지만 건우의 기럭지를 가릴 수는 없었다. 훤칠한 키에 완벽한 비율은 쉽게 가려지는 것이 아니었다. 신호봉의 눈이 반짝반짝 빛났고 다른 패널들도 그렇게 느꼈는지 고개를 끄덕이며 동의했다.

"자, 인사 한 말씀 해주시지요."

"안녕하세요! 라디라디~ 라디오 스타! 입니다."

한성수의 말에 변조된 목소리로 제법 상큼하게 라디오 스타가 자기를 소개했다. 건우의 차례가 오자 건우는 준비된 멘트를 하기 위해 입을 떼었다.

"반짝반짝 넘나 반짝! 황금태양입니다."

멘트와는 다르게 우아한 몸짓으로 소개를 하자 관객들도 감탄을 했다. 마치 뮤지컬을 보는 듯한 몸짓이었다.

"뮤지컬 배우인 것 같은데?"

"딱 봐도 잘생겼을 것 같지 않나요?"

가라의 말에 신호봉이 묻자 패널들이 고개를 끄덕였다. 한성수는 능숙하게 패널들의 멘트를 조율했다. 필요한 건 살리고 필요 없는 것은 과감히 잘랐다. 라디오 스타가 개인기를 했다. 성대모사였는데, 굉장히 비슷했다.

"이분은 말이죠, 발차기 개인기를 준비하셨답니다."

"발차기요?"

"음, 저런 개인기 보니까 가수는 아니야. 개그맨 후배 같아."

"비율이 장난 아닌데 뭘 개그맨이에요."

라디오 스타가 개인기를 했을 때와는 다르게 건우의 차례가 오자 패널들의 의견이 분분했다. 아직 노래도 보여주지 않았는데 벌써부터 정체를 알아내려고 노력하고 있었다. 건우는 몸을 푸는 척하다가 그 자리에서 빠르게 회전하며 화려한 발차기를 선보였다.

오랜 세월 연습한 듯한 폼이 나왔다. 건우 나이에는 결코 나올 수 없는 모습이었다.

"오오!"

"대박!"

"아! 나 알겠다. 저, 그, 그, 태권도 선수 양진섭이네. 요즘 나한테 예능 배운다고 전화를 엄청 했거든. 이야, 여기 나올 줄 몰랐는데. 진섭이가 노래는 좀 하지."

"아, 그 선수!"

가라의 말이 신빙성이 있는지 태권도 선수로 몰아갔다. 건우는 일부러 당황한 척 주춤거렸다. 옥선체화신공으로 발휘되는 연기는 진짜와 다름없었다. 건우의 모습에 속은 패널들이 자리에서 일어나며 손뼉을 쳤다.

"맞네, 맞아."

"가라 오빠, 오늘 촉이 좋은데요?"

MC 한성수가 의미심장한 웃음을 지었다. 생각보다 재미있었다. TV에서나 보던 인물들이 자신의 앞에서 떠들고 있는 것도 신기했다. 드라마를 하나 끝냈음에도 이런 기분이 드는 것은 너무 급격하게 주변 환경이 바뀌었기 때문이다. 앞으로 더 많은 것이 빠르게 변할 것이란 확신이 들었다.

"과연, 가라 씨 말대로 양진섭 선수가 맞을지 지켜보도록 하겠습니다."

한성주는 멘트를 정리했다. 라디오 스타의 무대가 먼저였기에 건우는 무대 뒤로 이동해서 무대를 지켜보며 기다려야 했다. TV에서는 빠르게 바로 넘어갔지만 실제는 그렇지 않았다. 그래도 상당히 빠른 편이었다.

라디오 스타의 노래는 전형적인 발라드였다. 건우와 겹치는 부분이 많아 정면 승부가 예상되었다. 건우는 눈을 감고 감상해 보았다.

'잘하네.'

과거의 자신보다 훨씬 잘 불렀다. 가수가 아님에도 저 정도면 대단한 것이었다. 제작진 측에서 건우를 배려해 준 부분이 있었는데, 바로 대진이었다. 이번 참가자 중에는 베테랑 가수들이 많아서 처음부터 건우와 붙지 않았다.

다른 참가자들에 비하면 확실히 부족한 실력이었다. 기교 면에서는 가수와 비슷했으나 기본기에서는 문제가 많았다. 건우도 옥선체화신공을 익히고 있기는 하나 기본기에 그나마 충실하지 않았다면 여러모로 신경 쓸 부분이 많았을 것이다.

라디오 스타의 무대가 끝나고 건우의 차례가 되었다. 관객들의 박수를 받으며 라디오 스타가 무대 뒤로 내려갔다. 잠시 대기하고 있다가 준비가 끝나자 무대 위로 올라갔다.

손에 쥔 마이크가 어색했다. 총 199명의 관객들과 패널들은 박수를 치면서도 호기심이 느껴지는 눈빛으로 건우를 바라보았다. 이 정도의 사람들이 자신을 쳐다보고 있다면 압박감을 느끼는 것은 당연했다. 게다가 관객들은 자신의 편이 아니었다. 실수라도 하면 순식간에 적으로 변하기도 했다. 건우는 여러 공연에서 느꼈던 관객의 비웃음을 잘 알고 있었다. 지금 건우가 한 공연 중에서 가장 많은 관객이 눈앞에 있었다.

긴장? 두려움?

그런 것 따위는 없었다. 칼과 피의 시대를 살았던 그에게 이 정도는 아무것도 아니었다. 오히려 이런 적당한 압박감은 전의를 불태우게 하는 데 큰 역할을 했다.

'내공이 늘어나겠네.'

건우는 씨익 웃었다. 달빛 호수 덕분에 내공은 급격히 불어나고 있었다. 그러나 단기적으로는 이런 공연이 더 내공을 불리기 좋았다. 둘 다 병행한다면 조만간 대주천이 가능할 정도의 내공을 얻을 수 있을 것이다. 이번에 떨어지게 되면 좀 더 오래 걸리겠지만 말이다.

조명이 바뀌고 라이브 밴드가 연주를 하기 시작했다. 관객들도 모두 입을 다물고 건우를 바라보았다. 건우 주변의 공기가 달라졌다. 가만히 서 있는 것일 뿐인데도 관객들은 무언가 압박받는 것 같은 느낌을 받았다. 건우의 모습이 유난히 커보였다. 시끄럽던 패널들도 순식간에 조용해졌다. 노래 시작 전에 이리저리 떠들다가 악플을 많이 받던 신호봉도 입을 다물 수밖에 없었다. 근본적으로 무언가 다르다는 것을 깨달았기 때문이다.

잔잔한 기타 소리가 울려 퍼졌다. 라이브 밴드의 연주도 전과는 무언가 다른 것 같았다.

건우에게서 뿜어져 나오는 내력에 영향을 받아 연주자들도 연주에 심취하기 시작한 것이다.

"후우."

건우가 깊게 숨을 내쉬었다. 건우의 숨소리를 듣는 순간 모두 눈이 동그랗게 떠졌다. 그때부터가 시작이었다.

건우가 부를 노래는 작년에 나온 발라드였다. 무명 가수가 불렀지만 노래가 좋아 차트 50위권에 든 적이 있었다. 승엽이의 추천으로 들었는데 노래 가사와 멜로디가 마음에 들어 선곡했다. 음악 감독이 추천하지는 않았으나 건우가 부른 노래를 들어보고는 감탄성과 함께 깊은 숨을 내쉬며 고개를 끄덕일 뿐이었다.

제목은 그다지 특색은 없었다. '슬픈 이별'이었다. 투박한 목소리로 잔잔하게 부르는 것이 특징이었는데 그게 건우의 마음에 들었다.

건우는 내력을 아끼지 않았다. 저 199명의 관객들을 만족시키기 위해서는 최선을 다해야 했다. 건우가 숨을 내쉰 순간부터 관객들의 의식은 건우의 목소리에 빨려 들어왔다. 담담히 소리를 내뱉었다.

건우의 음색은 평소와 달랐다. 풍부한 내공으로 사용하는 음공은 건우가 그토록 바라던 허스키한 목소리를 낼 수 있게 도와주었다. 흔히 말하는 스크래치 창법은 성대에 많은 부담을 주었다. 타고나지 않는 이상 성대를 긁어서 내는 소리는 발성에도 안 좋은 영향을 주었다. 노련한 가수들은 성대의 앞부분만을 긁어 장시간의 공연에도 문제가 없었지만 그래도 성대는 결코 영구적이지 않고 쓰면 쓸수록 닳았다. 가수들이 말년에 발성법이 바뀌고 목소리가 바뀌는 것은 당연한 일이었다.

그러나 건우는 딱히 그런 것을 걱정할 필요가 없었다. 내력으로 보호되는 성대는 마치 강철과도 같았고 음공으로 컨트롤할 수 있었다. 때문에 지금 내는 소리는 너무나 편했다. 거기에 옥선체화신공으로 감정이 담기니 그야말로 충격을 몰고 왔다.

슬픈 이별은 클라이맥스가 돋보이는 그런 곡은 아니었다. 계속 담담히 자신의 슬픔을 풀어나가는 그런 노래였다. 폭발적인 고음은 없었으나 관객들 대부분은 입을 벌린 채 멍하니 건우의 목소리를 들었다. 목소리 톤은 마치 한이 담긴 것처럼 슬펐고 감정이 흘러넘쳤다. 감정의 공명이 일어나며 모두를 깊은 슬픔에 잠기게 만들었다.

담담한 슬픔이 쌓여 후반부로 가니 눈물을 글썽이는 관객들이 속출했다. 지나간 연인을 그리워하거나, 혹은 사별한 가족, 친구 등을 떠올리며 눈물을 흘렸다. 냉정하기로 소문난 가라조차 눈시울이 붉어져 있었고 신호봉은 아예 펑펑 울었다.

3분이 조금 넘는 시간은 너무나 짧게 느껴졌다. 관객은 물론 건우도 그렇게 느꼈다. 건우는 노래를 부르며 관객과 감정을 나누는 것에서 온 쾌감을 느꼈다. 관객 하나하나가 가지고 있는 감정이 강렬한 기운이 되어 건우에게 돌아왔다. 그 물결은 마치 빛나는 파도 같아 건우의 마음을 단번에 빼앗아 버렸다.

건우는 관객들에게 있던 검은 색채의 감정이 사라지는 것을 느낄 수 있었다. 정확히 말하면 건우에게 오는 기운에 담겨오고 있는 것이었다. 관객들은 강한 슬픔에 빠져 있으면서도 알 수 없는 편안함을 느꼈을 것이다.

"이제… 슬픔만 남았죠."

건우가 마지막 소절을 내뱉었다. 마지막 소절이 끝난 순간, 관객들에게 휘몰아쳤던 감정이 담담히 다시 가슴속에 스며들었다.

연주가 끝나자 실내에는 정적만이 가득했다. 참가자들이 노래를 끝내면 나오는 박수 소리는 없었다.

감사합니다라고 말하고 싶었지만 말하면 안 되기에 조용히 고개를 숙이자 패널석에서부터 박수가 터져 나오더니 순식간에 관객석 전체가 들썩였다. 패널들은 자리에서 일어나 손뼉을 쳤고 관객들도 대부분 그러했다.

엄청난 반응에 건우는 조금 얼떨떨했다. 박수가 그칠 생각을 하지 않자 MC 한성수가 올라와 관객들을 진정시켰다. 한성수의 눈시울도 붉어져 있었다.

라디오 스타가 나오고 한성수가 정리 멘트를 해야 했지만 한동안 말을 잇지 못했다.

"어, 음… 크음."

한성수가 목이 잠겼는지 마이크를 내리고 기침을 했다. 그리고 프로답게 표정 관리를 하며 다시 마이크를 들었다.

"네! 굉장한 무대였습니다. 저도 얼마 만에 눈물을 흘렸는지 모르겠습니다. 두 분 다 쟁쟁한 실력자들이십니다. 어떻게 들으셨는지요?"

누가 봐도 라디오 스타를 배려해 준 멘트였다. 라디오 스타도 그런 것을 느낄 법도 했지만 아직도 여운에 빠져 있어 가만히 서 있을 뿐이었다.

한성수가 그렇게 말하며 패널 쪽을 바라보자 고정 패널로 자리하고 있는 작곡가 최원일이 마이크를 잡았다.

"일단 라디오 스타님은 대단히 아름다운 톤을 지니고 계세요. 호흡이 약간 부족한 것 같지만 그래도 곡의 느낌을 재해석한 부분이 정말 가슴에 와 닿았네요. 제가 보기엔 라디오 스타님은 음, 뮤지컬 배우? 그쪽 분 같으시고요. 그리고……"

최원일은 감동한 눈으로 건우를 바라보았다.

"황금태양님은 우선 감사하다는 말씀 드리고 싶네요. 이 곡은 지금 병석에 있는 제 절친한 친구가 작곡한 곡인데요. 솔직히 말씀 드리면 제가 뭐라고 말씀드릴 레벨이 아닌 것 같습니다. 그냥 이 여운을 가지고 집에 가고 싶네요."

극찬이었다. 다른 패널들도 공감한다는 듯 고개를 끄덕였다. 90년대를 풍미한 가수 중 하나인 조진혁도 격하게 고개를 끄덕이고는 입을 떼었다.

"정말 감동해서 다른 것은 생각할 겨를이 없었습니다. 그냥 노래에 젖어서 지금까지 흘러왔네요. 정체를 맞춰야 하는데… 도대체 이런 목소리와 실력을 지닌 가수가… 누가 있을까요? 저는 도저히 모르겠습니다. 후배 가수는 아닌 것 같고 선배 가수이신 것 같은데……."

"확실히 양진섭 씨는 아니네요."

조진혁의 말에 가라가 그렇게 말했다. 패널 사이에 의견이 분분해졌다. 저런 기럭지에 저런 노래 실력을 지닌 선배 가수가 누가 있냐는 말로 서로의 의견이 오갔다. 도저히 모르겠다는 말이 대부분이었다.

한성수가 마이크를 들었다.

"과연, 가라 씨 말대로 양진섭 씨가 맞을지……."

"아니, 취소할게요!"

"저번에도 틀리셔서 이번에 틀리시면 따로 벌칙을 받으실지도 모릅니다."

"취소! 취소! 아, 정말 깐깐하시네."

한성수가 가라와 멘트를 받으며 분위기를 띄웠다. 건우는 그 모습을 보고 많은 것을 배울 수 있었다. 말로써 주변을 지배하는 것이 어떤 것인지 알 수 있었다. 무공도, 내공도 없는 일반인이 말로 청중을 귀 기울이게 하는 것은 말에도 힘이 있다는 것을 알려주었다.

건우는 그대로 서서 움직이지 않았다. 관객으로부터 몰려온 기운을 담아내기 위함이었다.

'그야말로 충만하네.'

건우는 많은 기운을 가까스로 수습했다. 몸 안으로 녹이려면 가부좌를 틀고 상당한 시간이 필요했지만 단지 담는 것이라면 지금 상태로도 문제가 없었다. 전신 혈맥에 스며든 기운이 무척이나 든든했다.

건우의 눈에는 기운의 색이 보였다. 어두운 색도 있었고 찬란하게 빛나는 흰 빛도 있었다. 그것이 건우를 중심으로 한곳에 모이며 마치 은하를 보는 것 같은 광경을 연출해 냈다. 건우가 넋을 잃고 볼 만큼 아름다웠다. 이 광경을 자신 혼자만 볼 수 있는 것이 아쉬웠다.

"자, 그럼 199분의 판정단 분들! 버튼을 눌러주세요!"

한성수가 무대 뒤에 있는 커다란 스크린을 가리키며 말하자 모두가 버튼을 눌렀다. 숫자가 마구 바뀌기 시작했다. 꽤 긴장감이 있는 광경이었다. TV로 볼 때는 질질 끄는 모습이 있었는데 현장에서 직접 보니 바로 결정이 났다.

"190 대 9! 압도적인 차이로 황금태양이 승리를 가져갑니다! 마스크 싱어 역사상 가장 많은 득표수입니다!"

"와아아아!"

환호성이 나왔다. 수치로 보면 아예 비교도 안 된다는 말이었다. 건우는 살짝 얼떨떨했지만 자신에게 향하는 환호를 즐겼다. 전신이 오싹하는 것이 결코 나쁘지 않은 기분이었다. 내 공도 얻고 기분 전환도 하니 그야말로 일거양득이란 말이 떠올랐다. 거기에 출연료까지 두둑하게 받을 걸 생각하니 더욱 기뻤다.

건우는 인사를 한 뒤에 무대 뒤로 돌아왔다. 카메라가 따라붙으며 소감을 물어왔다.

"이겨서 좋네요! 감사합니다."

카메라에 손을 흔들어줄 때 대기하고 있던 경호원들이 건우를 따라 붙으며 대기실까지 안내해 주었다. 대기실에 들어오자 승엽이 엄지를 치켜들었다.

건우는 가면을 벗고는 씨익 웃었다.

"어땠냐?"

"쩔었어. 장난 아니던데? 뭘 어떻게 했길래 이렇게 실력이 팍 느냐?"

"나 천잰가 봐."

건우의 말에 승엽은 어이없다는 듯 건우를 바라보다가 피식 웃었다. 반박할 수 없어서였다. 건우의 노래는 그가 들어본 그 어떤 노래와도 비교할 수 없는 특별함이 있었다. 연기도 그렇고 노래도 엄청나니 자신이 아는 그 이건우가 맞나 하고 의심이 들 정도였다. 게다가 비주얼은 계속해서 더 빛이 나니 신기하기만 했다.

"보쌈 사왔다."

"오, 대박."

"대표님이 너 마구 먹이란다. 말만 해라. 흐흐."

안 그래도 배가 고프던 차였다. 오늘 촬영에는 코디가 필요 없어 오지 않아서 대기실에는 승엽과 건우밖에 없어 대단히 편했다. 조금 과장하자면 편한 감옥처럼 느껴졌다. 건우는 보쌈을 먹으며 핸드폰을 확인했다. 진희와 리온을 포함한 여러 이들의 톡이 와 있었다. 건우는 공식적으로 오늘 스케줄이 없는 것으로 되어 있었다. 석준도 각별히 신경 써 건우의 출연에 대한 보안을 철저히 하고 있었다.

"황금태양님은 이건우였습니다! 하는 순간 전 국민이 자지러질 거다."

"그럴까?"

"엄청날걸? 오늘 정체가 공개되는 건 아깝고 우승 몇 번만 해라."

건우는 피식 웃었다. 그게 말처럼 쉽지는 않을 것 같았지만 컨디션은 좋았다. 느낌도 괜찮았다. 충만한 내공은 그 누가 와도 지지 않을 거란 자신감을 심어주었다.

"나 좀 쉴게."

건우는 그렇게 말하며 눈을 감았다. 몸에 담아놓은 기운을 흡수하기 위해서였다. 건우는 이 마스크 싱어라는 프로그램이 자신을 몇 단계 성장시켜 줄 것임을 확신했다.

'더 없이 청명하고, 어쩌면 더 없이 어두워질 수도 있는… 그런 기운이군.'

건우는 자신의 단전에 모인 내공을 관조하며 그런 생각을 했다. 그 어떤 내공보다 맑을 수 있으며 마치 사파의 그것처럼 탁해질 수도 있는 변화무쌍함을 지니고 있었다.

그랬기에 이것을 바탕으로 그가 알고 있는 더 많은 무공을 섞을 수 있을 것이다. 건우는 옥선체화신공을 얕보고 있었음을 인정했다. 단순히 거쳐 가는 것이 아닌 최종 목적지를 같이 포함하고 있는 무공이었다.

신공(神功)이라는 말이 정말 딱 어울렸다.

'좋군.'

건우는 만족스러운 미소를 지었다.

＊　　　　＊　　　　＊

1라운드가 끝나고 잠시 쉬는 시간을 가졌다.

"어우, 이거 내 귀가 너무 호강했는데?"

가라의 말에 옆에 있던 신호봉이 고개를 끄덕였다. 우승은 못했지만 참가자로 나와 좋은 무대를 보여주었던 아이돌 스위티의 막내, 헬레나 역시 격하게 공감한다는 듯 세차게 고개를 끄덕였다. 데뷔한 지 꽤 되었지만 그래도 아직 막내로서의 상큼함을 가지고 있었다. 이번에 솔로곡을 내서 홍보차 마스크 싱어에 참가했는데 반응이 좋아 패널로까지 진출한 것이었다. 그전에는 다른 멤버들에게 가려 인지도가 낮은 편이었다. 그러나 지금은 멤버들 중에서 리더인 시연과 인기를 양분하는 중이었다.

멘트를 많이 하지는 않았지만 꽤 주목을 받고 있었다.

"2라운드가 기대되네요."

그렇게 말한 헬레나는 심장이 두근거리는 것을 느꼈다. 그동안 들었던 노래가 어색하게 느껴질 만큼 황금태양이 선사한 임팩트는 대단했다.

"진짜 소름이 끼치네. 국내에 이런 가수가 있었나? 어때? 진혁아."

"형님이 모르는데 내가 어떻게 알아요."

"이 정도라면 내가 모를 리 없는데……."

"외국 가수일까요?"

"그럴 가능성도 있겠다. 발음이 정확한 건 연습으로 커버할 수도 있으니… 그리고 보니 말도 안 하고 기럭지도 서구적인 것 같아. 아, 마스크 싱어 너무하네, 진짜."

원일과 진혁이 마주 보며 그렇게 대화했다.

"목소리에 반해 버린 것 같아요. 엄청 두근거려요."

"나도. 비주얼도 괜찮으면 어떡하지?"

"설마요."

헬레나와 신호봉도 대화를 나누었다. 다른 패널들도 입장하고 한성수가 무대 위로 올라왔다. 다시 녹화가 진행되었다. 2라운드가 진행되었는데 황금태양은 역시 2라운드의 마지막 무대였다. 헬레나는 황금태양의 여운에서 벗어났는지 다른 참가자의 노래도 꽤 들어줄 만하다고 생각했다. 조금은 감정을 속이며 과장되게 멘트를 하기도 했다. 조금 답답할 정도로 정직한 성격이라 티가 나기는 했지만 주변에서 잘 호응해 주어서 무난히 넘어갈 수 있었다.

드디어 기다리던 황금태양이 등장했다. 관객들은 황금태양이 무대 위로 올라오자마자 아주 오래 기다렸다는 듯 환호성을 내질렀다.

황금태양의 몸짓은 오만했다. 그러나 그것이 오만이 아니라 카리스마로 느껴질 정도로 존재감이 엄청났다. 헬레나도 사람에게 위압된다는 감각을 처음 느꼈다. 그 큰 무대가 너무나 작게 보였다. 원로 가수들이 그런 포스를 발산한다고는 하지만 실제로 느낀 것은 이번이 처음이었다.

소름이 끼쳤다.

노래가 시작되었다.

"어?"

"응?"

최원일을 비롯한 조진혁, 그리고 이가라와 다른 패널들까지 눈을 동그랗게 떴다. 허스키했던 목소리가 완전히 달라져 있었다. 연륜이 느껴지는 중후한 목소리였다. 1라운드와 동일 인물이 맞는 것인지 의문이 생길 정도로 완전히 달랐다. 그랬기에 헬레나를 포함한 패널들은 모두 멍한 표정을 지을 수밖에 없었다. 관객들 또한 마찬가지였다.

황금태양은 담담히 노래했다. 고음이 없는 멜로디가 전부인 노래였지만 그런 것은 첫마디를 듣는 순간 더 이상 문제가 아니었다. 담담히 자신의 심정을 토로하는 듯한 목소리는 복잡했던 생각을 멈추게 해주었다. 그저 눈을 감고 목소리에 취해 평온함을 느꼈다.

황금태양의 노래가 끝나자 정적이 일었다. 그리고 여운에 젖어 있던 관객들이 박수로 화답했다. 헬레나는 마치 눈 내리는 겨울밤에 거리를 걸으며 아름다운 전경을 바라보는 것 같은 느낌을 받았다. 고향인 캐나다가 떠올라 살짝 눈물이 났다.

"헬레나 씨는 눈시울이 붉어졌는데요?"

"네… 고향 생각이 나서요. 정말 잘 들었습니다. 노래를 불러주셔서 감사합니다."

한성수의 말에 헬레나가 그렇게 답한 다음 황금태양을 향해 고개를 숙였다. 황금태양은 컨셉을 유지하며 오만하게 서 있었지만 그녀가 고개를 숙이자, 자세를 풀고는 정중하게 그녀를 따라 고개를 숙였다. 그 모습에 관객석에서 웃음이 터져 나왔다. 황금태양은 아무 일도 없었던 것처럼 다시 거만한 자세를 유지했다.

"저분 가면에서부터 컨셉이 확실한데요? 이야, 진짜 누구일까 궁금하네요. 그렇지만 맞추고 싶지 않아요. 계속 듣고 싶습니다. 확실하게 가왕을 예상해 봅니다."

가라가 그렇게 마지막 멘트로 마무리했다.

판정단 점수는 누구나 예측한대로 압도적이었다. 191 대 8로 신기록을 세웠다.

황금태양과 겨루었던 참가자가 공개되었지만 큰 호응을 얻지는 못했다. 신인 아이돌 그룹의 보컬 담당이었지만 존재감이 거의 없었다. 조금 당황한 기색이었는데 한성수가 센스 있게 멘트를 친 덕분에 수습이 되었다. 패널들도 참가자를 잘 띄워주었다.

잠시 휴식 시간과 무대 정리 시간을 가졌다.

드디어 마지막 3라운드에 진입한 것이다. 3라운드의 승리자가 가왕과 점수를 겨루게 된다. 새로운 가왕이 탄생하느냐 마느냐가 결정되는 것이다.

헬레나는 심호흡을 하며 무대가 시작되기를 기다렸다. 마치 스타의 콘서트를 기다리는 팬이 된 것 같은 기분이었다. 기다림이 설레었고 행복했다. 헬레나는 처음으로 즐거운 기다림이라는 말을 이해할 수가 있었다. 다른 패널도 마찬가지인지 얼굴이 상기되어 있었다.

"와아아아아!"

관객의 환호 소리와 함께 마지막 라운드가 시작되었다.

＊　　　　＊　　　　＊

결승까지 왔다. 이번 라운드에서 이기면 가왕에 도전할 수 있었다. 우승에 대한 욕심은 별로 없었고 그냥 준비한 세 곡을 모두 부르고 집에 갈 수 있다는 게 좋을 뿐이었다.

우승을 하게 된다면 좋기는 하겠지만 그건 그거대로 곤란할 것 같았다. 앞으로 일을 쫙 당길 텐데 스케줄이 겹칠 수도 있었기 때문이다.

'져줄 생각은 없지만 말이지.'

건우는 이미 무대에 대한 감을 잡았다. 많은 관객과 호흡할 수 있는 방법을 깨달았고 그들의 감정을 더욱 면밀하게 파악하고 공명할 수 있게 되었다. 두 번의 무대밖에 가지지 않았지만 수급한 내공의 양은 꽤 되었다. 더욱 진한 감정을 줄수록 몰려오는 기운의 양은 현격히 많아졌다.

'하오문에 있을… 그런 무공이 아니야.'

옥선체화신공은 분명 하오문의 독문무공이었다. 그러나 자신이 익히고 있는 것이 진짜 옥선체화신공인지 의심이 되었다. 옥선체화신공의 공부가 깊어질수록 그런 의심과 의문은 더욱 심해졌다.

이것은 정파의 무공도 아니었고 사파의 사술도 아니었다. 쓰는 사람에 따라서 그 어떤 백도무림의 무공보다 더 정도에 가까워질 수 있었고 사파의 사술, 혹은 마교의 마공보다 더욱 사악해질 수 있었다.

'내가 이 무공을 누구한테 배웠지?'

잘 기억이 나지 않았다. 기억이 나지는 않았지만 절대 잊어버리면 안 되는, 잊는 것이 용납되지 않는 그런 존재라는 것만 떠올랐다. 애석하게도 기억할 수 없었다. 건우는 생각을 지우고 무대 위에 올랐다.

그가 준비한 마지막 곡은 록이었다. 마지막답게 화려한 곡으로 선곡했다. 그가 중학교 때부터 해온 장르이기도 했다. 성대의 태생적 한계 때문에 잔잔한 노래만 불렀지만 지금은 상관이 없었다.

마지막으로 부를 노래는 90년대에 나온 강한마음 밴드의 '그녀가 떠났네'였다.

남자라면 노래방에 가서 꼭 불러보는 곡이었고, 노래를 한다고 하는 이들은 꼭 통과의례처럼 부르는 곡이었다. 잘못 부르면 그야말로 민폐였는데, 여자들이 제일 싫어하는 곡 2위에 랭크되어 있었다. 잔잔한 피아노 연주로 시작하는 도입부는 아마 전 국민이 다 알 것이다.

익숙한 피아노 반주 소리가 들리자 관객들이 놀라며 환호를 질렀다. 패널 중에서 록을 좋아하는 개그맨이 벌떡 일어나 기쁨의 소리를 질렀다.

건우는 내공을 끌어 올렸다. 옥선체화신공이 발휘되며 충만한 감정을 불러일으켰다. 관객들이 지닌 고독함과 슬픔이 이해되었다.

"그녀가 떠났네요."

이번에는 음공으로 목소리를 바꾸거나 하지는 않았다. 마지막 곡이니만큼 자신을 내보이고 싶었기 때문이다. 목소리만 바꾸지 않았다 뿐이지 음공은 여전히 발휘되고 있어 강력한 성대의 힘을 건우에게 부여해 주었다. 그리고 그가 결코 할 수 없었던 강력한 고음을 선사해 주었다.

"나는 혼자 남았어요."

잔잔하게 불러갔다. 무대에 익숙해진 건우는 확실히 여유가 있었다. 노래를 부르며 관객을 하나하나 바라볼 수 있었고 그들의 표정을 읽을 수 있었다. 그리고 내공을 좀 더 자유롭게 사용할 수 있었다. 마이크와 거리를 좀 두고 불렀음에도 그의 목소리가 뚜렷하게 울려 퍼졌다.

잔잔한 초반부가 지나고 고음역으로 올라가기 시작했다. 건우의 목소리는 마치 강철과도 같았다. 성대에 철을 녹인 것 같은 소리였다. 강렬한 고음은 모두에게 충격을 주었다. 원곡을 초월한 파워풀하고 소름끼치는 목소리였다.

강렬한 기타 반주와 드럼 소리가 너무나 작게 느껴졌다.

'기분이 좋네.'

건우는 해방되는 것 같은 기분을 느꼈다. 관객들에게서 밀려오는 감정이 그를 무아지경에 빠지게 만들었다. 내공이 혈맥을 따라 질주하고 단전이 뜨겁게 달아올랐다. 건우에게 쌓여 있던 스트레스 역시 말끔히 날아가 버렸고 그것은 관객들도 마찬가지였다. 가사를 보고 있으면 슬픈 노래였지만 화끈하게 달려가는 모습은 시원함을 느끼게 만들어주었다.

건우는 클라이맥스가 다가오자 내력을 폭발시켰다. 사자후를 보는 것 같은 목소리가 터져 나갔다. 건우의 목소리가 관객들을 뒤흔들며 감정을 격렬하게 공명시켰다.

마지막 소절을 힘차게 내뱉고 마이크를 내렸다. 건우가 손을 뻗자 기타와 드럼의 소리가 동시에 멎었다.

"와아아아!"

관객들은 이미 일어나 있었다. 패널도 마찬가지였다. 소름이 끼치는지 팔을 만지며 저마다 충격 어린 표정이 되어 있었다. 건우는 오랜만에 느끼는 비어 있는 단전에 살짝 힘이 빠지는 것을 느꼈다. 그러나 기분은 대단히 좋았다.

"정말 화끈한 무대였습니다! 저도 아직도 오싹오싹합니다."

한성수가 무대 위로 올라왔다. 패널들은 흥분을 간신히 가라앉히며 자리에 앉았다.

가라는 기가 막힌다는 듯이 건우를 바라보았다.

"아니, 뭐 하는 사람이야, 대체? 대박도 이런 대박이 없네. 참나."

"이건 뭐… 끝판왕이네요."

가라의 말에 최원일 작곡가가 그렇게 말했다. 아직도 소름이 끼치는지 양팔을 쓰다듬고 있었다. 헬레나는 정신이 나간 듯했고 록을 좋아하는 개그맨인 이은식은 거의 절을 할 기세였다.

한성수가 멘트를 정리하고 최원일에게 감상평을 물었다. 건우와 겨루는 참가자에 대한 감상평을 잊어버렸는지 건우에 대해서만 이야기하기 시작했다.

"대한민국 남자라면 누구나 한 번쯤 불러봤을 그 명곡인데요. 감히 이런 말하면 형님께 혼나겠지만 원곡을 뛰어넘었다고 표현하고 싶네요. 하하, 사실 제가 강한마음 밴드와 조금 친해서 공연도 가고 그랬는데요. 그 형님이 예전 같지 않거든요. 말이 필요 없습니다. 정말 최고예요!"

"제가 지금까지 노래했던 게 허무하게 느껴지네요. 오늘 정말 감동의 연속이었습니다. 황금태양님이 누군지는 도저히 모르겠으나 고마워요. 노래 불러줘서."

조진혁이 최원일의 뒤를 이어 말했다. 다른 패널들도 건우에 대한 칭찬 일색이었다. 건우와 겨루는 참가자가 소외된 것을 느끼자 한성수가 적당히 조절했다. 바로 판정으로 넘어갔다.

"와아아아!"

195 대 4로 또다시 신기록을 달성한 건우였다.

음공과 옥선체화신공이라는 치트키가 있었기 때문에 가능한 수치였다.

바로 가왕의 무대가 이어졌다. 건우와 마찬가지로 록 장르를 불렀는데, 반응은 시원치 않았다. 경험과 기교는 건우보다 나았으나 결정적으로 감정을 뒤흔들 수는 없었다. 인간을 초월한 듯한 목소리 역시 나오지 않았다.

건우와 옥탑방 김밥 누나가 한성수를 사이에 두고 나란히 섰다.

"자! 가왕 결정 판정만을 남겨두고 있습니다. 김밥 누나님, 황금태양님의 무대를 어떻게 들으셨나요?"

"다리에 힘이 풀려서 한동안 못 일어났었어요~ 정말 대단해요! 누군지 정말 궁금해요."

음성 변조된 소리였다. 애교가 잔뜩 담겨 있어서 조금 코믹하게 느껴졌다. 한성수가 반대로 건우에게 김밥 누나의 무대에 대해 물어봤다. 솔직히 몰려온 기운을 수습하느라 집중해서 듣지는 않았지만 그래도 꽤 잘 부른 건 알고 있었다.

"네, 최고였습니다. 존경합니다."

"아이구, 별말씀을요."

건우가 고개를 숙이며 말하자 김밥 누나도 고개를 숙이며 화답했다.

"자! 그럼! 24대 가왕을 선발하겠습니다. 모두 버튼을 눌러주세요!"

스크린의 숫자가 마구 바뀌기 시작했다.

"과연, 24대 가왕은……!"

결과가 나왔다. 건우는 스크린의 숫자를 보며 깜짝 놀랐다.

"170 대 29! 역시 압도적인 표 차이로 24대 가왕이 탄생되었습니다! 바로 반짝반짝 황금태양입니다!"

"와아아아아!"

건우가 압도적으로 이겨 버렸다.

어느 정도 우승에 대한 예감이 있기는 했지만 정작 우승을 해버리니 조금 얼떨떨했다.

"소감 한 말씀 부탁드립니다."

"감사합니다. 운이 좋았던 것 같네요."

경호원들이 다가와 건우에게 황금빛 망토와 왕관을 씌워주었다. 황금태양 마스크와 상당히 잘 어울려 마치 황제를 보는 것 같은 분위기가 연출되었다.

무대에서 가볍게 인사를 나눈 후 박수 소리에 파묻혀 퇴장했다. 기립 박수를 치는 사람들도 많았다. 그만큼 건우의 노래가 파격적이었기 때문이다.

대한민국을 들썩이게 할 황제의 즉위식이었다.

5. 화보 촬영

마스크 싱어는 녹화 뒤 2주 정도 후에 방영된다고 한다. 새해가 되고 나서 두 번째 주에 방영되는 것이었다.

아직 방영되지도 않았는데 벌써부터 방청객들이 흘린 소문이 무성하게 나왔다. 역대급 무대라는 말이 흘러나왔고 기사들도 하나둘씩 나오고 있었다. 물론, 방청객들은 비밀 엄수에 동의했기에 가왕이 누가 되는 것인지 흘러나오지는 않았다.

마스크 싱어에서의 우승은 건우에게 많은 자신감을 불어넣어 주었다. 연기뿐만 아니라 노래도 충분히 먹힌다는 것을 알려주었고 더불어 막대한 내공도 선물해 주었다. 장기적으로 봤을 때는 TV나 방송 매체가 더 낫지만 마스크 싱어와 같은 공연은 한 번에 많은 내공을 습득할 수 있어 대단히 기분이 좋았다. 더군다나 방송이 나간다면 두 가지를 동시에 노릴 수 있었다.

건우는 이번 기회를 잘 살려 여러모로 많은 이득을 만들어 놓는 것도 괜찮을 것 같다고 생각했다. 그래서 마스크 싱어 녹화를 마치고 돌아오자마자 수련과 공부에 몰두하기 위한 계획을 세웠다.

YS 사옥으로 가서 악기를 다루는 레슨도 받았는데, 예전부터 치고 싶었던 피아노를 공부할 수 있었다. 당연한 말이었지만 하루가 다르게 실력이 늘어 레슨을 해주는 트레이너가 혀를 내두를 정도였다.

건우는 석준에게 우승했다는 사실을 알려줬는데, 석준은 당연히 그럴 줄 알았다는 반응이었다. 오히려 건우가 놀랄 소식을 석준이 전해주었다. 건우가 LBC의 연기대상 후보에 올랐다는 사실이었다. 그것도 무려 대상 후보였다. 홈페이지에서 2주 동안 진행된 사전 투표, 그리고 LBC 관계자들의 투표로 결정되었는데, 달빛 호수에서는 건우와 진희가 이름을 올렸다.

리온은 아쉽게도 대상 후보에서 찾아볼 수 없었지만 리온은 오히려 대상 후보에 들어간 건우를 열렬하게 축하해 주고 있었다.

덕분에 건우는 살면서 제일 바쁜 연말을 보내야 했다.

12월 30일.

낮에는 화보 촬영이 있었고 저녁에는 연기대상 시상식에 참여해야 했다. 스케줄이 겹쳐서 앞당기려 했지만 화보를 촬영하러 오는 사진작가가 해외에서는 꽤 유명한 작가인 것 같았다. 사진작가의 시간이 넉넉지 않아 이리저리 스케줄을 조율하다 보니 이렇게 되어버린 것이다.

향수 화보였는데, 제법 유명한 브랜드였다. 해외 본사에서 한국 지사로 연결해, 건우에게 직접 러브콜을 해서 성사된 화보였다.

에르셀이라는 꽤 알아주는 브랜드였는데, 건우는 향수에 대해서 잘 몰랐다. 최근에 공격적인 마케팅으로 아시아 시작을 개척하고 있다는 소문이 들려왔다.

건우는 향수를 뿌려본 경험도 없었는데 앞으로도 없을 것 같았다. 인위적인 향기가 싫었기 때문이다. 노폐물이 거의 없는 몸이기에 건우 자신의 몸에서 악취가 날 일은 전혀 없었다. 더군다나 옥선체화신공 덕분에 건우의 체향은 보통 남자들과는 달랐다. 건우는 크게 신경 쓰고 있지 않았지만 은은한 향기가 감돌고 있었다. 진희가 건우에게 무슨 향수를 쓰냐고 물어볼 정도였다. 준비할 것은 따로 없었다. 복장과 화장은 스튜디오에서 다 해주기로 했으니 몸만 가면 되었다.

"음, 개운하네."

새벽에 일어나 마스크와 모자를 눌러쓴 뒤 한강 주변을 질 주하고 돌아온 건우였다. 새벽임에도 운동하는 사람들이 꽤 있어서 마음껏 달리지는 못했다. 다만, 웬만한 운동선수보다 훨씬 더 빠른 페이스로 조깅을 마쳤다. 근육 하나하나를 컨트 롤하며 뛰었기에 보통 사람에게는 부담이 될 만했지만 건우에 게는 그저 아침 운동일 뿐이었다.

'오늘은 하루 종일 바쁘겠군.'

집에 돌아온 건우는 출연 제의가 들어온 작품들을 검토했 다.

이런저런 제의는 상당히 많이 온 편이었다.

영화와 드라마 모두 제의가 왔지만 일단 드라마 쪽을 하기 로 마음을 정했다. 영화와 동시에 진행할 수 있었지만 큼직한 대작은 아니었고 일단 몸값부터 올리자는 석준의 의견 때문 이었다.

'오디션을 보지 않아도 되는 날이 올 줄이야. 내가 뜨긴 떴 구나.'

오디션을 보지 않고 외주 제작사 측에서 시놉시스와 함께 대본까지 보내주었다. 아직 제의일 뿐이었지만 몸값도 달빛 호수의 출연료보다 배는 뛰어 건우가 당황할 정도였다. 확실 히 달빛 호수의 여파는 대단해서 지금도 사그라들고 있지 않았다. 해외에서는 이제 본격적으로 화제가 되기 시작했다. 특히 중국과 일본 쪽이 뜨거웠다. 서구권에서도 매니아층뿐만 아니라 한국을 모르는 사람들까지 관심 있게 지켜보고 있었다. 달빛 호수가 아니라 이건우라는 배우에 대해서지만 말이다.

석준도 건우에 대해서 집중적으로 관리할 만큼 현재 건우가 가진 잠재력은 어마어마했다.

"으음, 아무래도 이게 좋을 것 같은데?"

고인숙 작가와 라이벌 구도에 있는 이선 작가의 '별을 그리워하는 용'이 가장 눈에 띄었다. 여러 가지가 섞인 로맨스 드라마였는데, 주인공은 사랑 때문에 용이 되어 승천하지 못한 이무기였다.

죽은 여주인공을 그리워하며 기다리다가 현대에서 전생의 여주인공의 환생자를 만난다는 내용이었다. 왜인지 그러한 시나리오를 외면할 수가 없었다. 전생과 현생이 맞물려 있어서일까?

마치 자신의 이야기를 보는 것 같았다. 물론 건우는 이무기가 아니라 무림인이기는 하지만 말이다. 인간 같지 않은 뛰어난 외모를 지닌 남주인공이 필요했는데 건우가 딱이었다. 오히려 너무 넘쳤다. 이미 서구권에서는 CG 논란을 일으킨 전적이 있는 건우였으니 말이다.

건우는 아무래도 별을 그리워하는 용이 마음에 들어서 일찌감치 점찍어 두었다. 로맨스 드라마 특성상 나오게 되는 이성에 대한 사랑이라는 감정이 자신에게 도움이 될 것 같기도 했다. 그 감정의 본질을 이해한다면 감정 주입을 통해서 다른 사람을 자신에게 반하게 만들 수도 있을 것 같았다.

'소름끼치는 힘이 되겠네.'

건우는 남용할 생각이 없었다. 올바른 방향으로 사용한다면 자신에게도 타인에게도 긍정적인 효과를 미칠 것이다.

건우는 가부좌를 틀고 내부를 관조했다. 얼마 전까지만 해도 1년 치에 불과했던 내공은 이제 10년을 바라보고 있었다. 일 갑자도 더 이상 꿈이 아니었다. 내공이 일 갑자를 넘어가게 되면 화경에 도전할 수 있을 것이다.

준비를 착실히 해놓아야 했다.

건우는 혈맥을 잘 닦았다. 노폐물이 없어져 진기의 운용은 막힘이 없었고 무공의 효율은 증대되었다. 건우는 오랫동안 내부를 관조하며 내공을 움직였다. 운기조식을 하루에 한 번은 꼭 했는데, 할 때마다 피부에 누런 노폐물이 맺혔다.

오염된 공기 때문이었다. 옥선체화신공의 경지가 높아지면 높아질수록 점점 노폐물이 안 쌓이는 체질이 되어가니 가까운 미래에는 노폐물 걱정이 전혀 없을 것이다.

건우는 무아지경에 빠져 들어갔다. 전생의 깨달음과 현생의 경험들이 얽히며 건우의 의식을 붕 뜨게 만들었다. 관객들에게서 간접적으로 느낀 희로애락은 건우의 깨달음을 더욱 깊게 만들어주었다.

그것은 건우의 능력을 발전시키는 데 아주 큰 자산이 되어줄 것이다.

"후우……."

긴 호흡을 내뱉은 건우가 눈을 떴다. 꽤 시간이 지나 있었다. 잠시 느긋하게 시간을 보내자 도어락 누르는 소리가 나고 현관문이 열렸다.

"뭐 하느라 연락을 안 받아. 준비는 다 했냐?"

"응."

"이번 촬영 장난 아니야. 유명 사진작가가 직접 한국까지 오고, 듣기론 에르셀 쪽에서 파격적으로 신경 썼다고 하더라. 너 거기에 인맥 있냐고 막 물어볼 정도던데. 진짜 있는 거 아냐? 아니, 생뚱맞게 왜 와? 이해가 안 되네. 너한테 홀딱 반한 것 같더라."

"해외는커녕 제주도도 안 가봤어."

"으음, 뭐, 좋은 게 좋은 거지. 내 배우가 잘나간다는데, 흐흐. 너 진짜 나중에 할리우드 가는 거 아냐? 가면 꼭 나도 데려가라. 지금부터라도 영어 공부할게."

건우는 승엽의 말에 피식 웃었다.

승엽은 건우보다 더 바빴다. 건우의 전담 매니저였지만 건우가 쉬는 날에는 다른 가수의 스케줄을 소화하기도 했고 한상진에게 직접 교육을 받는 중이었으니 쉬는 날이 거의 없는 편이었다. 그래도 돈을 제법 두둑하게 받고 있는 모양이라 불평불만은 찾아볼 수 없었다.

　건우는 승엽이 바쁜 와중에도 연기 공부를 착실하게 하는 것까지 알고 있었다. 승엽은 가벼운 언행과 모습을 보였지만 그 내면은 누구보다도 열정적이고 진지했다.

　건우가 자극을 받을 정도였다.

　승엽이 무언가 생각난 듯 입을 떼었다.

　"아! 맞다. 어제 나 시연 님 만난 거 아냐?"

　"그래?"

　"아이돌은 아이돌이더라. 장난 아님."

　"너 진희 누나가 이상형이라며."

　승엽은 정색하며 고개를 저었다.

　"바뀌었다. 내가 감당할 그릇이 아니더라. 음, 슬슬 출발하자."

　"아! 잠깐만."

　건우는 책상으로 다가가 두꺼운 책들을 가방에 넣었다. 영어 회화책을 포함한 여러 나라의 회화 관련 서적이었다. 요즘은 이동 중에 보는 것이 습관이 되어버렸다. 지식 습득이 상당히 빨라 벌써 나름 괜찮게 영어 회화 정도는 할 수 있게 되었다. 요즘은 욕심이 나서 여러 가지 언어를 동시에 공부하고 있었다. 공부가 취미 생활이 되어버린 것이다.

스포츠 같은 다른 취미들은 딱히 끌리지 않았다. 무공을 익힌 건우에게 모두 상대가 안 될뿐더러 성취해 가는 재미가 없었다.

일찍 스튜디오로 이동했다. 두꺼운 책을 들고 빠르게 읽어 내려갔다. 속독이었지만 기억에 선명하게 남았다. 책 하나를 통째로 외우고 내부를 관조하며 이해하는 것이 건우의 공부 방법이었다.

밴은 넓고 쾌적했다. 꽤 부담스러울 정도로 비싸 보이는 밴이었다. 딱 봐도 연예인들이 타고 다닐 법한 모양새였다. 승엽이 룸 미러를 힐끗 보며 신기한 듯 건우에게 물어보았다.

"재미있냐?"

"꽤."

"학교 다닐 때는 만화책밖에 안 읽던 놈이 참……."

건우는 승엽의 말에 피식 웃고는 다시 집중해서 보기 시작했다. 세상을 알아가는 것은 흥미로운 일이다. 건우는 그렇게 느끼고 있었다. 이렇게 지식을 습득하고 있으면 무공의 근원으로 다가가는 느낌이었다.

과거에 무공을 연마하기 위해 중원을 돌아다녔던 고수들이 현대에 온다면 엄청난 깨달음을 얻을지도 몰랐다. 그만큼 인류가 쌓아놓은 지식은 엄청났다.

'화성으로 가려는 계획까지 나오고 있는 마당이니 말이야.'

예전에는 그저 별을 보면 하나하나가 중요 인물을 상징한다고 생각했다. 혜성이 떨어지면 무림의 고수 하나가 죽는 것이었고, 붉은 별이라도 뜰 때면 무림에서는 천살성이 나타났다니 뭐니 하면서 호들갑을 떨었다. 어떻게 맞아 들어가는 경우도 있었지만 대개는 그냥 호들갑이었다. 마교도 별을 보면서 중원 침략이니 뭐니를 떠들어댔으니 아마 오랜 전통으로 인해 관습처럼 굳어져 버린 것이 아닌가 싶었다.

우주는 무한한 가능성이 있는 곳이니 무림의 그런 사고방식이 틀리지 않았을지도 모른다. 건우는 피식 웃었다.

어느새 스튜디오에 도착했다. 안으로 들어가니 모든 준비가 다 되어 있었다. 건우가 입을 옷들이 쫙 펼쳐져 있었고 신발부터 시작해서 소소한 아이템까지 전부 태그를 단 채로 놓여 있었다. 건우를 알아본 관계자들이 다가왔다.

한국 지사의 관계자들과 사진작가, 그리고 통역사가 보였다. 촬영 컨셉과 콘티에 관해서는 미리 받아본 것이 있었지만 사진작가를 만나는 건 처음이었다. 그것도 통역을 대동한 채 있으니 뭔가 대단히 어색한 기분이었다.

건우가 등장하자 사진작가의 눈이 크게 떠졌다. 건우를 보기 전까지는 심드렁한 표정이었는데 직접 건우를 보니 엄청 놀란 듯싶었다.

그는 스티븐 마스라는 알아주는 사진작가였다.

턱수염이 제법 멋진 백인이었다. 머리를 짧게 자르고 턱수염을 기르고 있어 사진작가라기보다는 배우 같은 느낌이 강했다.

미국 뉴욕 출생으로, 원래는 삽화가였는데 사진에 매료되어 자신이 직접 사진 분야에 뛰어들었다고 한다. 미국은 물론 이탈리아에서도 주목받고 있었고 화보나 상업적인 광고에서 제법 큰 인기를 자랑했다.

그런 그의 내한은 한국에서는 별로 주목을 받지는 않았으나 해외에서는 기사가 짧게나마 나갈 정도였다. 어째서 그가 에르셀의 제안을 받아 한국에 왔는지는 미스터리였다. 석준이 그러한 제안에 스케줄을 맞춰보려 조정했던 것은 결코 허튼 짓이 아니었다.

내년에 비자를 받고 직접 미국으로 가서 찍을 계획을 논하기도 했지만, 이상하게도 에르셀 쪽에서 서둘러서 스티브가 한국에 오게 되었다.

정작 건우는 사진작가에 대해 별 관심이 없었다. 가볍게 인사를 나누었다. 스티븐은 보석을 바라보듯 건우를 바라보며 감탄했다.

"대단해! 정말 대단해! 이런 완벽한 외모와 비율이 존재할 줄이야!"

통역사가 스티븐의 말을 쉽사리 전해주지 못하고 버벅거렸다. 상당히 긴장한 듯했다. 건우는 처음에는 스티븐이 무슨 말을 하는지 잘 알아들을 수 없었지만 계속 들으며 익숙해지다 보니 그럭저럭 알아들을 수 있게 되었다. 책을 통째로 외우고 이해한 것이 도움이 되었다.

'영어는 자신감이라 했던가?'

어디선가 들은 말이 떠올랐다.

"과찬이십니다."

"오, 영어가 가능합니까?"

"조금."

스티브가 반색하며 건우와 잠깐 이야기를 나누었다. 건우의 표현 능력은 교과서적이었지만 그와 대화를 할수록 점점 자연스러워졌다. 건우의 발음이 좀 더 명확해지고 어색하고 어눌했던 부분이 조금씩 고쳐졌다. 그래도 대화를 나누는 데 여전히 힘겨운 부분이 있기는 했지만 통역사가 옆에 있으니 큰 문제는 아니었다. 잘 알아듣지 못하는 부분은 바로 통역해 주었으니 건우는 마치 영어를 배우러 온 것 같은 착각이 들었다.

그렇기 때문인지 그와 나누는 대화가 꽤 재미있었다.

"내 보석과도 같은 친구가 이런 제안을 했을 때는 솔직히 조금 꺼려졌습니다. 에르셀을 좋아하기는 하지만 한국은 너무 멀거든요. 페이도 그리 큰 편도 아니고."

"친구?"

"갑자기 전화가 왔지요. 그녀답지 않게 꽤 흥분한 목소리였습니다만… 얼음보다 차가웠던 그녀가……."

친구란 말에 고개를 갸웃했다. 건우가 잘 알아들을 수 없는 부분이 있었다. 중얼거리듯 말해 통역사도 통역해 주지 못했다. 그러나 건우는 그리 큰 관심은 두지 않았다. YS와 상의해서 결정이 났던 것일 테니 건우는 자신이 할 일을 하면 되었다.

건우가 마음을 가다듬으며 진중한 표정이 되자 스티브의 눈빛이 떨렸다. 편안하던 건우의 분위기가 일순간에 달라졌다.

"오싹오싹하네요. 이런 느낌은 처음입니다! 오오! 제 팔에 소름이 돋는 게 보이시나요?"

조금 괴짜 같은 면이 있었지만 사람 자체는 괜찮아 보였다. 건우는 이런 자들을 잘 알고 있었다. 무언가에 푹 빠져 그것만 바라보고 달려가는 이들이다. 무림인과도 비슷한 부분이 존재했다. 때문에 조금은 친근감이 느껴졌다.

어쨌든 무언가 기묘한 인연이 작용하며 만난 것 같은 느낌이 강했다. 상식적으로는 이해할 수 없는 무언가가 있는 것 같았지만 그가 설명하려 하지 않으니 역시 신경을 쓸 필요는 없을 것 같았다.

좋은 게 좋은 거니 말이다.

촬영 현장에서 모델의 의상과 착장 아이템을 총체적으로 관리하는 에디터, 그리고 메이크업과 헤어 스타일링을 담당하는 메이크업 아티스트와도 인사를 나누었다. 본사에서 배정한 스태프도 있었고 스티븐이 직접 데리고 온 자들도 있었다.

에르셀 한국 지부 관계자들과 스티븐, 그리고 여러 스태프들과 함께 컨셉에 대해 잠깐 회의를 가졌다. 컨셉에 대해서는 에르셀 한국 지부 관계자와 사전 미팅을 통해 미리 알고 있었지만 스티븐은 즉흥적으로 많은 것을 바꾸었다.

스티븐은 직접 세세한 것까지 신경 썼다. 마치 최고의 공예품을 만드는 듯 눈빛에는 열정이 가득했다. 광기마저 보이는 그 눈빛이 제법 섬뜩하게 느껴졌다.

'원래 이런 건가?'

건우야 가만히 있어 상관없었지만 주변 스태프들에게 꽤나 까칠하게 압박을 주었다. 한 치의 오차도 허용하지 않는다는 듯 무척이나 날카로웠고 냉정했다. 광기를 머금은 가운데에도 프로페셔널한 모습을 보여주니 건우의 입장에서는 믿음 직했다.

준비된 옷으로 갈아입고 무대 위에 올랐다. 촬영 컨셉은 댄

디한 이미지, 그리고 거친 남자의 분위기였다. 향수의 역사를 말해주듯 올드한 소품들이 있었다. 유럽의 어떤 고급스러운 방에 있는 것 같은 느낌이 났다. 잡지에서만 보던 그런 공간이 눈앞에 있으니 제법 신기했다.

건우에게 달라붙은 여러 스태프들이 건우의 모든 것을 체크했다. 건우는 포마드로 머리를 정리하고 정장을 차려입었는데, 스티븐은 한동안 눈을 떼지 못할 정도로 감탄했다. 그야말로 동화나 영화를 찢고 나온 비주얼이었다.

저런 미친 비주얼을 보여주는 모델이 존재할까?

그냥 가만히 있어도 화보인데, 과연 어떤 모습을 보여줄지 스티븐은 오싹함을 느꼈다. 스티븐은 건우에게서 비주얼을 넘어선 무언가를 느꼈다. 그것이 두렵기도 하고 그를 흥분시키기도 했다. 마치 미지의 세계로 여행을 떠나는 것 같은 기분이었다.

건우는 심호흡하며 마음을 다스렸다. 화보 촬영도 연기였다. 드라마 연기와는 다르게 한 컷, 한 컷 찍을 때마다 표현하고자 하는 모든 것을 담아야 했다. 그러면서도 어색하지 않게 보여야 하는 어려움이 있었다.

보통 아이돌이나 연기자들이 화보 촬영을 하면서 불편함을 겪는 이유 중 하나였다. 반면에 전문 모델은 그런 것에 적응되어 있어 사진이 잘 나오는 포즈를 알았다.

부담이 심했지만 살짝 웃음이 나왔다. 이런 고민을 하고 있는 자신이 문득 신기하게 느껴졌다. 이것이 프로가 되어가는 느낌일까?

건우의 마음이 편안해졌다.

'컨셉을 떠올려 보면 아무래도 중후한 느낌이 좋겠어.'

향수의 오랜 역사, 그리고 신세대의 느낌이 공존하는 것이 화보 전체를 관통하는 컨셉이었다.

건우는 컨셉에 맞는 감정을 떠올리며 옥선체화신공을 운용했다. 전생에 자신이 나이가 들었던 때를 떠올렸다. 젊은 나이에 죽었지만 그래도 지금보다는 나이가 훨씬 많았다.

'무림도 깨끗한 곳은 아니었어.'

잊고 있던 기억들이 떠올랐다. 온갖 권모술수가 난무했던 무림에 환멸을 느껴 무림을 떠났다. 검의 고수로 인정을 받았지만 그것이 치욕으로 느껴질 정도였다.

모든 것을 내려놓자 화경의 경지에 다다랐다. 애석하게도 검을 놓자 입신의 경지에 이른 것이었다. 그때 그는 어느 객잔에서 홀로 마셨던 술의 맛을 잊을 수 없었다. 희로애락이 모두 담겨 있던 그 술은 자신의 인생을 압축시켜 놓은 것 같았다.

'그리고 누군가를… 만났던가.'

강제로 잘려 나간 것처럼 떠오르지 않았다. 건우는 잠시 눈을 감았다. 잊고 있었던 기억은 그에게 깨달음을 선사해 주었다. 그러나 그는 그것을 모두 받아들이지 않고 일부는 흘려보냈다. 지금과 같은 환경에서는 소화해 낼 수 없었고 전생의 무심했던 자신으로 돌아가기는 싫었다. 건우는 감정에 충실한 삶이야말로 행복하다는 것을 알고 있었다.

눈을 감고 뜨는 찰나의 순간이었지만 건우의 분위기가 바뀌었다. 그저 맑기만 했던 눈은 더욱 깊어져 마치 깊은 호수를 보는 것 같았다. 그것은 온갖 역경을 견뎌낸 자의 눈빛이었다. 어떤 유혹에도 흔들리지 않고 목표를 뚜렷하게 바라보는 눈빛이었다.

스티븐의 손끝이 떨리기 시작했다. 그것은 두려움이 아니라 어떤 희열에 가까웠다.

새로운 세계를 만난 격렬한 기쁨이었다.

*   *   *

스티븐은 벼락을 맞은 것 같은 기분이었다.

아니, 이미 맞았다! 이건우라는 잘생긴 벼락에!

처음에는 프로필 사진을 볼 때와 차원이 다른 건우의 모습에 엄청나게 놀랐지만 그것은 아무것도 아니었다.

그가 뿜어내는 포스가 장난이 아니었다. 모델에게 기가 눌리는 경험도 있기는 했지만 이 정도는 아니었다. 그야말로 눈 앞의 존재에게 압도당한 기분이었다. 화려한 무대가 보이지 않았고 오로지 건우만이 보였다.

"오케이!"

단언하건대 버릴 사진이 하나도 없었다. 말은 하지 않았지만 마치 텔레파시가 통하기라도 하는 것처럼 스티븐의 생각에 너무나 딱 맞는 화면을 만들어주었다. 아니, 더 정확하게 말하자면 그가 의도하고 생각했던 것 이상이었다. 정신없이 셔터를 눌렀다. 그의 입에서는 온갖 찬사가 나왔다. 아마 평생 했던 칭찬보다 오늘 한 칭찬이 훨씬 많을 것이다.

표정의 변화가 생기면 분위기가 확 바뀌어 신선한 장면이 나왔다. 피어올라 가는 연기 사이로 오만하게 앉아 있는 건우의 모습은 마치 제왕을 보는 듯했고, 향수병을 들고 살짝 눈을 감고 있는 모습은 헤어진 연인을 그리워하는 남자로 보이게 만들었다. 카메라를 찢어버릴 듯 쳐다보는 눈빛은 너무나 강렬해서 스티븐이 움찔할 정도였다.

신기하게도 건우가 무슨 이야기를 하고자 하는지 스티븐은 읽을 수 있었다. 아니, 느낄 수 있었다고 말하는 편이 더 정확할 것이다.

'어떻게 아시아에서 이런 인물을 찾아낸 거지? 사업적 수완이 보통이 아니라는 것은 알고 있었지만… 으, 음. 그냥 사업

때문만은 아닌 것 같아.'

에르셀을 소유한 가문은 영국에서도 명망 높은 가문이었다. 사업적인 수완이 좋아 경영에 참여하자마자 공격적인 마케팅으로 꽤나 많은 인지도를 올렸다.

어린 나이답지 않게 냉철했고 사람이 아니라고 느껴질 정도로 무서울 때가 있는 친구였다. 사업적으로 만났다가 이제는 친구라 부를 수 있을 정도로 가까워졌지만 여전히 대하는 데 어려움이 느껴지는 건 마찬가지였다.

'그러고 보니 비슷한 분위기가 풍기는 것 같기도 하고.'

무언가 일반인에게서는 느낄 수 없는 기백 같은 것이 존재했다. 누가 들으면 미친 소리라고 하겠지만 스티븐은 그렇게 느꼈다.

잡생각에 빠질 틈이 없었다. 잠시 휴식 시간을 가지고 작업을 계속했다.

스티브는 무언가에 홀린 것 같았다. 거의 무아지경에 빠져 격렬하게 의견을 나누었고 약에 취한 것처럼 다른 것은 신경쓸 수 없었다. 정신을 차렸을 때 땀을 흠뻑 흘리고 있는 자신을 발견할 수 있었다.

시간이 부족한 것이 한이었다.

스티븐은 확신했다. 건우가 짧은 시일 내에 어느 분야든 엄청난 파장을 불러올 것이라고 말이다.

스티븐은 건우와 함께 모니터에 올라온 사진을 바라보았다.

'사진이… 살아 있는 것 같아.'

스티븐의 눈빛이 떨렸다. 사진이 살아 숨 쉬고 있는 것 같은 착각이 생겼다. 금방이라도 움직일 것 같았다. 중간중간 확인은 했지만 그때는 혼이 빠진 것처럼 제정신이 아니었다. 정신을 차리고 확인해 보니 그 결과물은 그의 예상을 훨씬 뛰어넘는 것이었다.

이 정도일 줄은 몰랐다. 아니, 신선한 충격이었다. 장거리 여정으로 인한 짜증과 스트레스는 이미 사라지고 없었다. 새로운 경지를 개척한 것 같은 느낌에 심장이 두근거렸다.

꽤 오랜 시간 촬영했지만 순식간에 지난 것 같았다.

'무조건 친해져야 해!'

영감을 주는 모델은 흔하지 않다. 그것을 뛰어넘어 새로운 감각마저 일깨워 주는 모델은 건우뿐이라고 생각했다. 그의 손을 거쳐간 모델 중 잘된 케이스가 많았는데 그는 촬영을 하면서 그 모델이 성공할지, 아니면 실패할지 예측해 왔다. 그리고 그 예측은 대부분 맞아떨어졌다.

스티븐은 확신했다. 눈앞의 남자는 누구보다도 위대해질 것이다.

누구나 그의 모습에 매료될 수밖에 없을 것이다.

스티븐의 숨소리가 거칠어졌다. 겉으로 보기에는 조금 위험한 상태로 보여 주변의 스태프들이 흠칫 놀라며 스티븐과 멀어졌다.

좋은 분위기 속에서 촬영이 마무리되었다. 본래 더 빠르게 끝날 수도 있었지만 스티븐의 개인적인 욕심 때문에 시간이 더 걸리게 되었다. 건우의 집중력이 전혀 흐트러지지 않고 오히려 자신과 소통을 적극적으로 하는 모습에 스티븐은 꽤나 큰 감동을 받았다.

어눌했던 영어도 어느새 꽤 수준급이 되었다는 것도 신기했다.

'그녀보다 천재인 사람은 없으리라 생각했는데, 세상은 넓네.'

스티븐은 그렇게 생각했다. 자신도 천재성을 나타내며 젊은 나이에 꽤 이름을 날리게 되었지만 그녀에 비한다면 평범했다.

촬영이 끝나고 스티븐은 건우에게 식사를 제안했다. 마음 같아서는 비행기 표를 미루고 싶었지만 애석하게도 빨리 돌아가야 하는 상황이었다. 개인 사진전의 준비 때문이었는데 한국으로 오는 것이 꺼려졌던 가장 큰 이유 중 하나였다. 협박 아닌 협박으로 오기는 했지만 그는 근래 들어서 한 일 중에 가장 만족스러운 일이라고 평가했다.

"미안해요. 스케줄이⋯⋯."

"아, 그렇군요. 건우, 신경 쓰지 마세요."

"다음에 시간이 나면 술이나 한잔하지요."

"오, 그거 좋습니다."

건우와 대화를 많이 나누다 보니 꽤 편해졌다. 스티븐은 건우에게 사람을 편하게 만드는 분위기가 존재한다고 생각했다.

'모델이 아니었지.'

스티븐은 건우가 배우였던 것이 떠올랐다. 알고 보니 오늘 방송사 연기대상 시상식이 있다고 한다. 건우가 출연한 드라마를 챙겨볼 생각까지 하게 된 스티븐이었다.

스티븐은 건우의 개인 연락처를 챙겼다. SNS를 하지 않고 있는 것이 아쉽게 느껴졌지만 사적인 연락처가 더 나았다. 그녀와 무슨 관계인지는 모르지만 그녀가 직접 나서서 이 정도로 일을 벌일 정도면 분명 그가 알 수 없는 깊은 무언가가 존재할 것이다. 스티븐은 그렇게 생각했다. 그런 것을 제외하더라도 개인적으로 건우와 꼭 다시 작업해 보고 싶었다.

'일정을 미뤄볼까? 음, 조금 피곤하겠지만 잘하면 가능할 수도⋯⋯.'

스티븐은 떠나는 건우의 뒷모습을 아쉬운 눈으로 바라보았다. 마성의 매력이라는 표현은 건우에게 가장 잘 어울렸다. 지금까지 그런 수식어가 붙은 이들이 불쌍하게 느껴질 만큼 말이다.

그가 스마트폰을 보기 무섭게 스마트폰이 울렸다. 그를 이곳에 보낸 장본인이었다. 이렇게 연락이 먼저 오는 것은 두 번째였다.

스티븐은 참으로 오래 살고 볼 일이라 생각했다.

심호흡을 하고는 통화 버튼을 눌렀다. 통화 전에 이렇게 심호흡을 하지 않으면 심장에 좋지 않았다.

"아하하! 주, 중간에 연락하라고 그랬지? 미, 미안 너무 열중하느라… 하하하. 음, 방금 전에 끝났어. 응? 어땠냐고?"

스티븐은 건우가 있던 곳을 잠시 바라보다가 입을 떼었다. 그에게서 나올 반응은 이미 정해져 있었다.

"환상적이었어. 당연하다고? 아는 사이야? 건우는 모르는 것 같던데. 응? 왜 그렇게 친근하게 부르냐고? 좀 친해져서. 아, 그, 그래? 응, 응? 어, 음. 아, 알았어. 바로 보낼게. 조금 한국에 더 머물까 하는… 아, 응. 돌아갈게."

스티븐은 식은땀을 흘렸다. 그러다가 평소와는 다르게 조금은 들떠 있는 그녀의 목소리를 확인하자 입가에 호선이 그려졌다.

"오우, 웬일이야? 설마… 하하. 윽, 하하, 쓰, 쓸데없는 말하지 말라고? 쓸데없지는 않… 미, 미안! 하하하하! 살려줘. 아직 죽고 싶지 않아."

스티븐은 내심 기분이 좋았다. 드디어 그녀의 약점을 찾은 것 같아서였다. 매번 당하는 입장이었지만 반전의 계기를 만들 수도 있을 것 같았다.

'화상 통화가 아니라서 아쉽군.'

결정적으로 그녀는 지금 꽤 귀여운 모습일 것 같았다. 스티븐은 왜인지 앞으로 더욱 재미있는 일이 일어날 것이라는 생각이 들었다.

비가 오고 있었다.

건우는 자신이 검을 쥐고 있음을 인지했다. 기억 속에 있던 검과는 다르게 녹슬고 이가 빠져 있었다. 복장도 늘 입던 무복이 아니었다. 흑색의 무복을 입은 채 죽립을 쓰고 있었다.

그의 눈은 누군가에게로 고정되어 있었다. 저 멀리 눈앞에 정갈한 무복을 입은 무림인이 보였다.

사나운 뱀의 눈매를 닮은 사내.

그는 한쪽 팔이 사라져 없었고 두려운 눈으로 자신을 바라보고 있었다. 잔뜩 일그러진 얼굴에는 고통만이 가득했다.

"네, 네 이놈! 백도무림인으로서의 정의를 저버리다니 하늘이 두렵지도 않느냐!"

발악하듯 외치는 목소리가 빗소리와 함께 들려왔다.

"하늘이 두렵지 않다면 그것은 거짓말이겠지. 허나, 금 대협, 그대의 행사에 진정 정의가 있다면 하늘이 그대를 돕지 않겠소?"

"거, 건방진 놈! 네놈과 관련된 모든 자들을 아주 고통스럽게 죽일 것이다!"

그러한 외침에도 건우는 웃었다. 그동안 고민했던 모든 것들은 사라지고 없었다. 자신의 허리춤에 달린 술이 보였다. 따듯한 온기가 느껴지는 술은 그가 기다리던 사람이 담근 술이었다.

그 사람을 위해 모든 것을 버리고자 맹세했다.

이 검, 이 육신, 이 마음 모두 바치고자 맹세했다.

그러니 망설임 따위가 있을 리 없었다.

검과 육신, 그리고 정신이 합일된 그의 검은 적수가 없었다.

"그럼 가겠소, 금 대협. 다음에는 팔이 아니라 목이 날아갈 것이외다."

"주, 죽여라!"

건우가 금 대협이라 부른 자가 다급히 외치자 주변에 있던 무림인들이 건우에게 달려들었다.

그들은 결코 평범한 무림인이 아니었다. 정갈한 무복, 거대 문파임을 확인시켜 주는 문양, 그리고 보법에서부터 느껴지는 상승무공의 흔적.

그러나 건우는 전혀 위축되지 않았다. 오히려 곧 죽을 그들을 안쓰럽게 바라볼 뿐이었다.

이익을 위해 어찌 사람이 이토록 탐욕스러워질 수가 있을까? 권력을 위해 어찌 사람이 이토록 잔인해질 수 있을까?

천지며 강산이 그대로인 것처럼 사람 역시 변하지 않는다. 어쩌면 저러한 모습조차 자연의 순리인지도 몰랐다. 그렇다면 자신이 저들을 죽이는 것 역시 순리일 것이다.

건우의 손이 움직였다. 검에서 치솟은 검강이 두 명의 허리를 동시에 갈랐다. 검기 세례가 쏟아졌지만 방어 초식은 취하지 않았다. 저들은 모두 그의 호신강기를 뚫을 정도의 절기를 지니고 있지는 못했다.

건우가 손을 뻗자 주춤거리던 검수 하나가 그의 손에 빨려 들어왔다.

"커, 커헉!"

"허, 허공섭물!?"

건우가 손에 힘을 주자 검수의 목이 단번에 부러졌다. 검수는 그대로 절명하여 바닥에 떨어졌다.

건우는 느릿하게 외팔이 남자에게 걸어갔다. 건우로부터 폭

사되고 있는 기운이 건우 주변에 쏟아지는 빗방울을 모조리 증발시켰다. 타오르는 검강에 닿은 빗물은 뿌연 수증기가 되어 그의 몸을 가려주었다.

"마, 막아!"

건우의 몸이 흔들렸다. 순식간에 거리를 좁히며 쏟아져 가는 모습은 마치 화살과도 같았다.

서걱! 퍼억!

여럿을 스쳐 지나가며 외팔이 남자의 앞에 당도했다. 그의 뒤에서 방어 자세를 취하던 무림인들이 그 자리에 굳은 듯 멈춰 있었다. 건우가 검을 내리는 순간 그들의 몸이 폭발하며 사라졌다.

"사, 사술……!"

외팔이 남자는 그렇게 허망하게 외칠 뿐이었다.

건우가 그를 노려보자 그는 손에 든 검을 바닥에 떨구었다.

"사, 살려주시오! 내, 내 의, 의도가 아니었소!"

"이해하오. 인세에 존재하면 안 되는 무공이니."

"그, 그럼……."

건우의 차가운 눈빛을 본 순간 그의 얼굴이 창백해졌다.

"대체 얼마나 많은 사람이 죽어야 만족하겠소? 이만 끝냅시다."

"으, 으아아악!"

그의 목이 떨어졌다. 건우는 슬픈 눈빛으로 쓰러진 그를 바라보았다. 권력과 탐욕은 사람을 사람답게 만들지 못했다. 이런 시대에는 더욱 그러했다.

평화로운 시대가 과연 오기나 할까? 자신이 죽어 다시 태어나 평화로운 시대에 살게 된다면 무엇을 하고 있을지 궁금했다.

건우는 헛간으로 걸어갔다. 헛간의 문을 열자 부들부들 떨고 있는 사람이 보였다.

"…어째서?"

"술이 다 떨어졌소."

건우는 호리병을 보여주며 그렇게 말했다. 눈시울을 붉히는 그 사람의 얼굴 표정이 흐릿하게 보였다.

"다 왔어."

승엽의 목소리와 함께 건우의 눈이 떠졌다. 건우는 눈을 깜빡이며 승엽을 바라보았다.

"내가 잔 건가?"

"피곤할 만도 하지. 사옥에서 눈 좀 붙여."

자신은 분명 차량으로 이동하는 중에 늘 그렇듯 내부 관조를 하는 중이었다. 사옥에 들려 스타일링을 받고 조금 쉬다가 연기대상에 참여하기 위함이었다. 조금 오랫동안 촬영을 하기는 했지만 육체와 정신에는 전혀 부담이 없었다.

'기억인가?'

그것은 꿈이 아니라 잊고 있던 자신의 기억임을 확신했다. 같은 백도무림인에게 왜 검을 겨누었는지는 알 수 없었다. 그러나 전혀 후회가 없었다.

그보다는 흐릿하게 보인 얼굴이 그의 마음에 와닿았다.

건우의 표정이 굳어졌다. 무엇보다 그립지만 가슴이 아픈 기이한 감정이 치솟아 올랐다.

기억을 떠올리려 노력했지만 짙은 안개를 보는 것처럼 떠오르지 않았다.

"괜찮냐? 어디 아픈 거 아니지?"

"아, 응. 좀 멍하네."

"하하, 그래야 너답지. 요즘 넌 너무 초인 같았어."

건우는 깊은 숨을 내쉬며 감정을 털어냈다. 자신의 전생에 생각보다 많은 일들이 일어난 것 같았다.

평탄하지 않게 살다가 고통스럽게 죽었다. 그 안에 어떤 삶의 의미가 있을까? 있다면 아마 그 흐릿한 얼굴일지도 몰랐다.

'언젠가는 알게 되겠지.'

건우는 그런 확신이 들었다. 건우는 홀가분하게 여러 가지 생각들을 털어내고 사옥에 들렀다.

영화제가 아닌 방송사의 연기대상이지만, 그래도 일 년 중에 가장 주목을 받는 행사이기도 했다. 입장할 때부터 많은 기자들이 몰려올 것이고 특히 건우는 지금 가장 많은 주목을 받고 있었다. 데뷔한 지 얼마 안 된 건우가 대상을 받을 수 있을지 없을지에 대한 관심이 폭발하고 있었기 때문이다.

달빛 호수의 시청률, 건우의 미친 연기력을 보면 대상이 확실하다는 게 일반적인 의견이었지만 방송사의 상은 여러 가지가 얽혀 있어 예측할 수 없었다. 작년까지만 해도 나눠주기식 상으로 시청자들의 눈살을 찌푸리게 만들었다.

아무튼 여러모로 중요한 자리였기에 머리부터 발끝까지 신경을 써야 했다. 건우는 상을 받을 거란 큰 기대는 하지 않았지만 그래도 시상 소감은 준비했다.

건우는 YS의 메인 스타일리스트에게 헤어 스타일링을 포함한 모든 것을 받았다. 그의 손을 거쳐 간 이들은 상당히 많았는데, 대부분이 화제가 되었다. 최근에 화제를 일으켰던 한별의 공항 패션도 그의 작품이었다. YS에 소속된 배우 중에서는 처음으로 대상 후보에 올랐으니 석준은 머리부터 발끝까지 모든 것을 신경 써주었다.

진희도 도착해 있었다. 둘은 같이 연기대상 시상식장으로 들어갈 예정이었다. 건우와 진희는 베스트 커플상 후보에도 올랐기에 둘이 비슷한 느낌으로 스타일링했다.

건우의 경우에는 깔끔하고 튀지 않지만 고급스러움이 느껴지는 방향으로 스타일링했다. 워낙 비주얼이 뛰어나 어떤 복장을 입든 그 복장이 눈에 잘 띄지 않았다. 그러니 차라리 건우의 외모를 더욱 부각시키는 방향으로 정한 것이다.

옷이 날개라는 말은 건우에게 전혀 어울리지 않는 말이었다. 건우에게 있어 옷은 그냥 옷일 뿐이었다.

"역시 건우 씨는 뭘 해도 잘 어울리네요. 한별이 엄청 놀랄 거라 말한 게 진짜였네."

YS 메인 스타일리스트 이공이 그렇게 말했다. 본래 이름은 이고운이었는데, 이공이라는 이름으로 활동하고 있었다. 그는 해외 유학파 출신이었는데, 유럽 쪽 여러 디자이너들과의 인맥도 두텁고 협업도 했던 경력이 있었다.

건우가 듣기로는 YS에서 패션샵을 여러 개 냈고 그 패션샵의 전체적인 컨셉을 이공이 잡았다고 한다.

이공의 복장은 일반인에게는 조금 과하다 싶을 정도로 개성이 있었다. 그래도 꽤 어울리는 것이 팬히 스타일리스트가 아니었다. 그러나 그것은 인간계 수준에서의 발버둥일 뿐이었다. 건우의 옆에 있으니 그냥 이상한 옷을 입은 남자로 보였다.

"YS에 온 보람이 있네요. 어휴, 얼굴이며 비율이며 거의 뭐… 크흠, 아! 이번에 스티븐 마스랑 작업하셨다면서요?"

"네."

"그 친구가 한국에 올 줄 몰랐네요. 향수? 그런 걸로?"

"아시는 분이세요?"

"얼굴만 몇 번 봤어요. 소문으로는 영국 재벌계랑 친분이 있다던데요? 실력이야 뭐 알아주는 편이지만 그렇다고 해도 너무 잘나가죠."

건우는 스티븐을 떠올리며 고개를 끄덕였다. 짧은 만남이었지만 건우에게 강렬한 인상을 주었다. 그쪽 방면에는 아는 것이 전혀 없었기에 크게 신경 쓰지 않았었다.

밖에서 기척이 느껴졌다. 이공이 나가 문을 열어보니 이번에 데뷔하는 연습생들이 문 앞에 몰려 있는 것이 보였다. 연습생들은 문이 갑자기 열리자 깜짝 놀라며 주춤거리더니, 건우를 빤히 바라보다가 후다닥 도망갔다. 건우는 연습생들 사이에서 하연의 얼굴을 볼 수 있었다. 멍 때리다가 가장 늦게 도망친 것이 하연이었다.

이공은 그런 모습에 한숨을 내쉬었다.

"내년에 데뷔한다고 하는데 참 왈가닥들이에요. 그래도 이렇게 늦게까지 자율 연습하는 거 보면 참 대단하다 싶어요."

어린 나이에 그러기는 쉽지 않았다. 건우도 그것을 잘 알고 있었다. 건우도 지금 어린 나이였지만 연습생들은 건우보다 훨씬 어렸다.

곰곰이 생각하다가 지갑 사정에 여유가 있는 것을 파악하고는 야식을 시켜주었다. 연습생들은 건우주신이 하사해 주신 선물이라며, 경배하듯이 통닭을 둘러싸고 찍은 사진을

SNS에 올렸다.

후에, 꽤 화제가 되어 통닭 업체에서 러브콜이 들어왔다고
한다.

*　　　　　*　　　　　*

오랜만에 진희의 얼굴을 보게 되었다. 드레스를 입은 진희
의 모습은 아름다웠다. 어째서 대한민국의 미녀 계보 중 한
자리를 차지하는지 알 수 있었다.

그러나 진희는 진희였다. 건우를 보자마자 능글맞은 표정
으로 다가왔다.

"우리 건우 장난 아닌데."

"오랜만이야."

"보고 싶었어?"

"뭐… 음, 그렇지."

건우의 말에 진희가 만족하며 씨익 웃었다. 세간에서 평가
하기를 백만 불짜리 미소라고 하였지만 건우에게는 아저씨 미
소로 보였다.

진희와 같이 입장했기에 건우는 진희의 밴에 탔다.

연기대상의 경우에는 건우가 참여할 리허설 같은 것은 없
었다. 진희에게 물어보자 진희는 그냥 가서 앉아 있다가 상을

주면 받으면 된다고 말해주었다.

"누나만 믿어. 달빛 호수팀은 같은 테이블에 앉아 있을 테니 내가 꼭 챙겨줄게. 아! 아는 배우들 소개도 시켜줄게. 누나가 인맥이 장난 아니란다."

"오, 그래?"

"응, 근데 너 나타나면 다른 남자 배우들은 다 피할 듯."

진희는 안구 정화를 하는 중이었다. 계속 바라봐도 눈이 전혀 피로하지 않았다.

아! 힐링!

정화된다는 기분을 이해할 수 있었다. 곁에만 있어도 정신이 상쾌해졌고 마음이 가벼워졌다. 너무 매력이 넘쳐 오히려 다가가기가 힘든 것이 바로 건우였다. 다가가려고 하면 할수록 자신의 부족한 점이 너무나 크게 보였다.

조금만 더 활동한다면 대한민국을 그야말로 들었다 놓았다 할 것이 분명했다. 이 정도의 인물이라면 인성이 나쁘다고 해도 이해가 될 텐데 건우는 인성마저 좋았다. 좋다는 것을 넘어서 거의 영웅 수준이었다.

진희는 건우에게 호감이 있었다. 없는 것이 이상했다. 그러나 지금 이 관계를 망치고 싶지 않았다. 다가가고 싶은 마음은 굴뚝같지만 한번 망가지면 다시 예전으로 돌아갈 수는 없었다. 특히 이 업계에서는 더욱 심했다. 배우로서의 이미지, 커

리어 모두에 좋지 않은 영향을 미칠 것이다.

막 데뷔한 건우에게도 좋지 않았다.

진희는 천천히 다가갈 것을 결심했다.

"설마, 그럴 리가."

건우는 진희의 그런 말에 피식 웃을 뿐이었다. 외모는 자신이 잘났을지 몰라도 쟁쟁한 배우들은 자기만의 매력을 지니고 있으니 자신이 더 낫다고는 생각하지 않았다. 자신은 무공이 있어 가능한 결과였으니 건우는 다른 배우들을 결코 함부로 보지 않았다.

레드 카펫을 밟는 순서가 정해져 있지는 않지만 통제에 따라 약간의 시간을 두고 들어갔다. 포토 라인에 서서 사진을 찍고 인터뷰를 진행해야 하니 시간을 두는 것이었다. 건우와 진희처럼 동시에 입장하는 배우들도 꽤 있었다. 베스트 커플 후보에 오른 대부분의 배우들이 그러했다.

건우와 진희를 태운 밴이 LBC의 미디어센터 공개홀 앞으로 들어갔다. 검은 양복을 입은 안전 요원들이 밴에 따라붙었다.

창밖을 바라보았다.

미디어센터 앞에는 수많은 팬들과 기자들이 몰려 있었다. 영화제의 그것과는 비교할 수 없었지만 그래도 건우의 감정은 제법 고조되었다. 레드 카펫을 밟는다는 것은 연기자로서 인정을 받는다는 말과 일맥상통했다.

밴의 문이 열리자 건우가 먼저 내렸다.

"꺄아아아악!"

"와아아!"

건우가 등장하자 여기저기 플래시가 번쩍이며 비명과도 같은 환호성이 들렸다. 카메라가 건우의 바로 앞까지 따라붙었다. 건우는 진희의 손을 잡고 밴에서 내릴 수 있도록 도와주었다. 레드 카펫에 선 건우와 진희는 팔짱을 끼고 레드 카펫을 걷기 시작했다.

레드 카펫을 밟는 기분은 묘했다. 마치 구름을 밟고 있는 것 같았다. 사람들이 내지르는 환호 소리가 너무나 짜릿했다. 카메라 플래시와 셔터음, 그리고 환호 소리가 어울려 건우의 감정을 더더욱 고양시켰다.

이런 느낌은 참으로 오랜만이었다. 전생에 비무 대회를 나갔을 때보다도 더 짜릿한 것 같았다.

건우는 살짝 미소 지으며 몰려온 인파를 향해 손을 흔들어 주었다.

"와……."

"말도 안 돼."

건우의 모습을 본 사람들은 멍하니 입을 벌릴 수밖에 없었다. 앞에 지나간 남자 배우들이 전혀 기억나지 않았다. 오로지 건우의 모습만이 보였다. 다리에 힘이 풀려 바닥에 주저앉는 이들도 있었다. 동공이 확장되고 후광이 비쳐 보이는 듯한 느낌을 받는 사람들은 평범한 축에 속했다.

레드 카펫을 걸어 포토 라인에 섰다. 진희가 능숙하게 포즈를 취하는 것이 보였다. 건우는 화보 촬영의 느낌을 살려 자세를 잡았다.

"건우 씨! 다정하게 서주세요!"

"밀착 부탁해요!"

기자들의 그런 목소리가 들려왔다. 건우는 조금 곤란해하다가 진희가 먼저 바짝 붙자 건우도 팔을 뻗어 진희의 허리를 잡았다. 비주얼의 끝판왕인 건우가 있으니 뭘 해도 너무나 잘 어울렸다.

진희의 얼굴이 살짝 붉어진 것이 보였다. 어색함은 잠시 뿐이었다. 곧 마치 화보를 찍는 것처럼 자연스러워졌다.

"오우! 후끈한데요?"

예능에서 여러 활동을 하고 있는 개그맨 밤바가 마이크를 들고 다가왔다. 안으로 들어가기 전에 가볍게 인터뷰를 하기 위해서였다. 방정맞은 진행으로 그럭저럭 연예계 생활을 하고 있는 자였다.

메인 MC로 가기에는 역량이 상당히 부족했지만 패널로는 괜찮은 편이었다. 여자와 추문이 많을 정도로 상당한 미남이었지만 건우 옆에 서니 그냥 오징어로 보였다.

"안녕하세요! 이건우 씨, 김진희 씨! 어우, 너무 잘 어울리신다!"

밤바가 호들갑을 떨며 그렇게 말했다.

진희의 표정이 그리 좋지 않았다. 예전에 잠깐 사석에서 만난 적이 있었는데 그가 과하게 들이댄 적이 있기 때문이다. 지인의 선배라 매몰차게 대하지는 못하고 정중히 거절했지만 기어코 번호를 따가더니 애플톡으로 자신의 사진을 보내기도 했다. 근육을 키우고 있다며 상반신 누드샷을 보냈을 때는 성희롱으로 신고할까 진지하게 고민까지 한 진희였다.

밤바가 웃는 낯으로 입을 뗐다.

"건우 씨, 대상 후보에 오르셨는데 소감이 어떠신가요?"

"네, 후보에 든 것만으로도 정말 영광입니다."

"베스트 커플상 후보에도 오르셨습니다. 진희 씨, 어떠십니까?"

"저야 좋죠. 근데, 안티가 많아질까 걱정이에요."

나름 괜찮은 분위기에서 대화가 이어졌다.

밤바의 시선이 힐끔하고 진희의 가슴으로 향했다. 진희가 그것을 느꼈는지 눈썹이 약간 찡그려졌지만 바로 표정을 회복했다.

건우는 밤바의 눈에서 상당한 음욕을 볼 수 있었다. 그러한 기운은 보통 색마들이 많이 갖고 있었는데, 저런 눈빛을 지닌

자 치고는 정상인이라 부를 수 있는 인물이 없었다. 선천지기마저 색욕으로 물들어 있어 역한 냄새가 풍겨오는 듯했다.

건우가 알기로 보통 방법으로는 저렇게 더럽혀지기 힘들었다. 약이라도 하는 것 같았다.

언젠가 폭발하여 신문의 메인에 실릴 것 같기도 했다.

밤바는 노골적으로 건우보다는 진희에게 집중적으로 신경을 썼다. 밤바는 과할 정도로 진희와 친하다고 떠들어댔는데 깔끔한 진행은 결코 아니었다.

그가 가지고 있는 거대한 색욕의 감정을 흡수한다면 도움은 될 테지만 그러고 싶지 않았다. 만약 건우가 색마였다면 저 감정을 흡수해 감정 주입을 통해 여러 여자를 농락했을지도 몰랐다. 그만큼 옥선체화신공은 강력했다. 건우가 애초에 생각했던 것 이상이었다.

밤바의 음욕적인 눈길이 심해지자 건우는 살짝 살기를 흘렸다. 밤바의 안색이 파래지며 표정이 굳었다.

갑작스럽게 온몸이 떨려왔고 건우를 제대로 바라보지도 못했다. 허세가 가득한 것 치고는 아주 유약한 정신력을 지니고 있었다.

'전형적인 소인배로군.'

건우는 밤바를 그렇게 판단했다. 어느 분야에서든 결코 대성할 인물은 아니었다.

밤바가 그렇게 굳어버리자 오디오가 비어버렸다. 거의 방송 사고 수준의 정적이었다.

"그럼 들어가 봐도 되겠습니까?"

건우는 밤바의 눈을 바라보며 물었다. 그 말투는 굉장히 예의가 발랐다. 다른 사람들이 보기에 건우의 살짝 떠오른 미소는 사람의 마음을 편안하게 해주는 마법이 걸려 있는 것 같았다.

그러나 밤바는 건우와 눈이 마주치자 죽을 것 같은 공포를 느꼈다. 칼이 목을 베고 지나가는 느낌, 창이 온몸을 찌르는 감각, 그런 것들이 보이는 것 같았다.

밤바는 아마 당분간 후유증에 시달릴지도 몰랐다. 그 계기로 자아 성찰을 할 수 있다면 지금보다는 나아질 것이고, 아니라면 구제할 방도가 없을 것이다.

건우가 살기를 거두자 밤바의 안색이 정상으로 돌아왔다.

"으, 으으… 네? 네, 네! 그, 그럼 이만 보내 드리도록 하겠습니다! 감사합니다!"

건우와 진희는 밤바를 지나쳐 안으로 들어갔다. 진희는 밤바가 허둥거리자 고개를 갸웃하며 건우를 바라보았다. 허세 가득한 밤바의 모습이라고는 생각할 수 없었기 때문이다. 건우는 그런 진희에게 살짝 웃어 보일 뿐이었다.

스태프들이 자리를 안내해 주어 헤매지는 않았다.

대기실에 가기 전에 살짝 무대를 살펴보았다.

방청석 앞으로 테이블이 있었고 그 앞에 무대가 차려져 있었다. 상당히 넓은 공간이었다. 마치 디너쇼처럼 보였는데, 물을 포함한 여러 음료수가 놓여 있었다. 모형 장식들도 있어 고급스러운 분위기가 풍겼다.

건우는 대기실에서 잠시 대기하다가 달빛 호수의 배우들과 고인숙 작가, 그리고 김태유 PD와 만났다. 연출상과 작가상 부분에서 후보에 올랐기에 오늘은 제작자가 아닌 시상식 참가자 입장으로 온 것이었다.

가볍게 인사를 나누고 대기실을 나왔다. 잠시 화장실을 갔다 올 생각이었다. 화경의 경지에 이른다면 화장실을 가지 않고 불순물들을 모조리 분해할 수 있었지만 지금은 아니었다. 그래도 무공을 익히기 전보다 화장실 가는 횟수가 확연히 줄어들었다. 일주일 이상 가지 않아도 아무런 문제가 없었다.

'냄새도 잘 안 나니 좋긴 하지.'

건우는 그런 생각을 하며 피식 웃었다. 전생에 유명한 기녀들은 볼일을 볼 때 꽃향기가 난다는 소문이 있었다. 실제로 그러한 무공이 있기는 했다. 건우는 세면대에서 손을 닦고 손에 묻은 물기를 바라보다가 내기를 일으켜 모조리 증발시켰다.

밖으로 나와 대기실 쪽으로 걸음을 옮기다가 익숙한 이들이 대화를 나누고 있는 것이 보였다.

건우도 알고 있는 이였다.

국민 MC 유진식과 아이돌 그룹을 탈퇴하고 배우로서 활동을 하고 있는 미유였다. 이번에 연기대상에서 메인 MC를 본다고 한다.

미유가 긴장하고 있자 유진식이 그런 미유를 달래주며 대본을 맞춰보고 있었다. 대기실에서 하지 않는 이유가 있는 것 같기는 했다.

건우는 방해하지 않으려 다른 곳으로 돌아서 가려고 했다.

"어? 이건우 씨?"

유진식이 건우를 발견하고는 아는 척을 했다. 건우와 유진식은 처음 만나는 것이었다. 건우는 현생에서 유진식의 팬이기도 했다. 그가 10년이 넘게 이끌고 있는 '끝없는 도전'과 꽤나 높은 시청률을 자랑하는 '뛰는 녀석들'은 힘든 시절 마음을 위로해 주는 단비 같은 존재였다.

은혜를 입었다면 은혜를 입은 것이었다. 건우가 먼저 고개를 숙여 인사했다.

"안녕하세요? 신입 배우 이건우입니다. 저 선배님 팬입니다. 이렇게 뵙게 되니 신기하네요."

"와, 정말 건우 씨네! 하하하! 안녕하세요? 반갑습니다. 어우, 실물이 완전 장난 아니시네요! 그런데 방금 제 팬이라고……."

"네, 선배님. 끝없는 도전 초창기 때부터 팬이었습니다."

"오, 그래요? 하하!"

유진식은 사람이 참 좋아 보였다. 고생을 딛고 정상에 오른 사람은 풍기는 기운마저 달랐다. 시선이 느껴져 고개를 돌려 보니 미유가 건우를 멍하니 바라보고 있었는데, 거의 반쯤은 넋을 놓고 있었다.

아이돌에서 배우로 전향한 미유였다. 건우도 그녀를 잘 알고 있었다. 건우가 군대에 있을 때 그녀의 인기는 대단했기 때문이다. 예능 프로인 '결혼합시다'에서 가상 부부로 등장했을 때는 많은 동기들이 미유의 가상 부부 상대를 보고 부러움에 떨었던 기억이 있었다.

특히 위문 공연을 왔을 때는 장난이 아니었다.

배우로 전향하고 나서 안티가 많이 늘기는 했지만 그래도 건우의 기억 속에서는 좋은 이미지였다.

건우는 반가운 마음을 담아 웃으며 인사했다.

"안녕하세요?"

"아! 네! 아, 안녕하세요? 드, 드라마 잘 봤어요."

"네, 저도."

건우가 그렇게 말하기는 했으나 사실 거짓말이었다.

미유가 속했던 아이돌 그룹이 부른 노래는 알고 있었으나 출연한 드라마를 본 적은 없었다. 승엽이가 지나가듯 말하던 것을 기억하고 대답한 것이었다.

"오, 미유야. 너 얼굴 빨개졌다?"

"그, 그래요?"

"흐흐……."

유진식과 미유는 꽤 친한 듯 보였다. 그 모습이 보기 좋았다. 좋은 사람들과 대화하는 것은 언제라 해도 기분이 좋았다. 이 자리에 있는 것만으로도 기운이 났다. 유진식은 친화력이 대단히 좋아 건우와 금세 친해졌다.

좋은 분위기에서 대화를 나눌 때였다. 뒤에서 누군가 접근했다.

"미유야, 여기 있었네?"

남자 배우 이진국이었다. 유진식에게 살짝 인사를 하고는 미유를 바라보았다. 미유의 표정이 굳었다. 눈빛이 흔들리고 있었다. 이진국은 사람 좋은 미소를 그리고 있었지만 어딘가 가식적으로 보였다.

건우도 그가 좋은 사람을 연기하고 있다는 것을 간파할 수 있었다.

"오, 그 이건우 씨? 반갑습니다."

"네, 안녕하세요? 선배님."

"시상식은 처음이죠? 어때요?"

"좋네요. 근데 역시 어색하긴 하네요."

"뭐, 저처럼 여러 번 오면 괜찮아져요."

이진국은 건우를 훑어보았다. 확실히 건우를 견제하고 있는 기색이었다. 이진국이 먼저 손을 내밀어 악수를 했다. 건우는 이진국에게서 좋지 않은 기운을 느꼈다. 그의 기운은 음기가 너무 많았고 끈적한 독들이 퍼져 있었다. 마치 쓰레기가 가득한 늪을 보는 것 같은 기분이었다.

개그맨 밤바와 무척이나 친하다고 알려져 있었는데 역시 사람은 끼리끼리 모이는 모양이었다.

"진국 씨, 지금 미유와 입을 좀 맞춰봐야 해서요."

유진식도 그다지 좋지 않은 눈으로 이진국을 바라보고 있었다. 이진국은 미유와 열애설이 났는데, 그런 것 치고는 미유가 그를 달가워하지 않는 반응을 보이는 것 같았다.

'싸웠나?'

연인 사이는 아닌 것 같았다. 제법 트러블이 있는 것 같았는데, 건우가 간섭할 일은 아니었다. 건우가 도움을 줄 수 있는 일도 없었다. 애초부터 오늘 처음 만난 것이니 말이다. 건우는 그들에게 인사를 하고는 다시 대기실로 돌아왔다.

*　　　　*　　　　*

대기실에서 이런저런 이야기를 나누다 보니 생방송으로 진행되는 연기대상 시상식의 시작 시간이 가까워졌다.

건우는 대기실에서 나와 달빛 호수팀이라고 적혀 있는 테이블로 이동했다.

'오, 많네.'

건우는 주변을 둘러보며 신기함을 느꼈다. 잘 차려입은 배우들이 가득했다. TV에서 보던 이들이 테이블에 앉아 이야기를 나누고 있었다. 그러다가 건우가 나타나자 뭐에 홀린 것처럼 건우만을 바라보았다.

건우는 거의 대부분의 배우들이 자신을 바라보자 먼저 고개를 숙이며 인사를 건넸다. 왜인지 건우의 옆에 있는 진희가 뿌듯한 미소를 짓고 있었다.

"실물이 완전……."

"장난 아니네."

"어우. 소문보다 더한데?"

상반기에 큰 인기를 끌었던 로맨스 드라마에 출연했던 배우들의 대화였다. 나름 잘생겼다고 소문났고, 좋은 배역을 맡아 인기가 팍 상승한 남배우도 있었지만 건우와 비교할 수는 없었다.

김가연은 옆에 자신의 남편이 있음에도 넋이 나간 듯 건우를 바라보았다. 김가연과 김영훈 부부는 미남 미녀 배우의 결혼으로 화제가 되었던 커플이었다. 결혼으로 인해 김영훈은 국민 도둑놈이라 불리며 욕을 먹기도 했다.

"후배님! 대상 기대합니다. 하하하."

리온이 넉살 좋게 웃으며 건우에게 말을 건네왔다. 리온의 인상은 처음과 달라 보였다. 처음에 만났을 때는 표독스러운 인상이었는데, 지금은 방실방실 웃고 있어 사람이 참 좋아 보였다.

건우는 리온의 말에 고개를 가로저었다.

"대상은 무슨… 아닙니다."

"아니, 왜 이렇게 겸손하실까. 누가 봐도 후배님이 받으실 건데. 외모로 보나 인성으로 보나 작품으로 보나! 후배님이 받으셔야지요! 하하하하!"

리온은 건우의 대상을 완전히 확신하고 있었다. 건우는 그런 리온의 반응이 부담스러웠다.

옆에 앉아 있던 진희는 한숨을 내쉬었다. 리온은 이제 거의 종교 수준으로 건우를 찬미하고 다녔다. 예전보다 훨씬 상태가 심각해졌지만 그래도 이미지는 계속 좋아졌다.

건우가 자살하려 했던 소녀를 구하자, 리온은 자살 방지 캠페인을 벌이고 자선 파티도 열었다. 게다가 건우가 구한 소녀의 가정 사정이 어렵다는 것을 알자 개인적으로 지원까지 해주었다.

여전히 관심병에 걸려 있는 건 맞지만 좋은 쪽으로 작용하고 있었다.

건우를 따라 하고 SNS에 올려서 수많은 굴욕샷을 양산하고 있지만, 그게 또 굴욕샷의 화신이라는 별명이 생기면서 예능 섭외도 예전보다 훨씬 많아졌다. 제2의 전성기가 열렸다고 평하는 이들도 상당히 많았다. 비호감에서 호감으로 바뀌는 것은 쉽지 않기 때문이다.

건우의 인지도도 리온 덕분에 올라가고 있으니 서로 윈윈하고 있었다. 물론 건우는 그런 방면에는 신경을 쓰고 있지 않지만 말이다.

진회가 무대를 바라보며 입을 떼었다.

"생방송이라 좀 긴장되네."

"응? 누나도 그래?"

"당연하지. 요즘에는 실수하면 그걸로 완전 박제되다시피 하잖아."

진회는 조금 긴장한 듯했다. 하지만 리온은 생방송이라는 걸 전혀 신경 쓰지 않으며 건우를 향해 방긋방긋 웃었다.

건우는 약간 머리가 아파왔다. 차라리 예전에 짜증이 났던 그 상황이 나은 것 같았다. 그때는 향후 어떤 일을 벌일지 그럭저럭 예측이라도 되었는데 지금은 그렇지 않았다. 리온의 모든 행동이 건우에 대한 선의로 하는 행동이라 막기도 애매

했다.

리온의 눈빛에는 동경과 존경이 가득했다. 진희가 그 모습에 살짝 인상을 찡그렸다.

"리온, 시선 좀 돌리시지. 너무 부담스럽게 쳐다보는 거 아냐?"

"아, 진희 선배님 쳐다보는 거 아니니까 신경 쓰지 마세요. 아니면 자리 바꿀까요?"

"으으, 스트레스받아."

"그러다가 주름 생겨요. 아! 뭐, 선배님은 그래도 예쁘니까 괜찮으시겠네요."

리온의 말에 진희는 멍한 표정으로 리온을 바라보았다. 명백하게 어이가 없다는 표정이었다.

"…말이라도 못하면… 하아, 엄청 능글맞아졌네."

진희는 한숨을 내쉬며 그렇게 중얼거리듯 말했다. 리온의 칭찬은 칭찬인 것 같은데 묘하게 기분이 나빴다.

고인숙은 이 구도가 흥미로운 듯 눈을 반짝였다.

"좋은 소재가… 될 수도……."

"거참… 부인, 체면 좀 지킵시다."

"예술에 체면이 어디 있나요?"

고인숙이 그렇게 말하며 날카롭게 최운식을 노려보자 최운식은 헛기침을 하고는 물을 마셨다. 사실 돈은 고인숙이 더 잘 버는 편이었다. 최운식도 만만치 않게 벌었지만 작품을 가리느라 요즘 저조한 편이었다. 당연히 현재 부부 사이에서 발언권은 약했다.

건우는 피식 웃었다. 리온이 좀 그렇기는 했지만 좋은 사람들 사이에 있으니 기분이 나쁘지 않았다.

'오, 시작하네.'

잠시 기다리자 생방송으로 연기대상 시상식이 진행되기 시작했다. 카메라가 돌아가는 것이니 건우는 이것도 드라마 촬영이나 예능 촬영과 다름없다고 생각하며 옥선체화신공을 은은하게 운용했다.

녹화 때보다는 약해져 있었지만 그래도 무시할 만한 수준은 결코 아니었다. 건우의 존재감이 서서히 부각되기 시작했다.

석준은 건우의 행동에 세세한 디테일까지 잡아주었다. 요약하자면 최대한 신비롭고 멋지게 보여야 한다는 것이다. 그래야 몸값을 높이는 데 효과가 있었으니 건우도 그 행동 지침을 따르기로 마음을 먹었다.

빨리 돈을 벌어 어머니가 쉴 수 있도록 해드리고 싶었다. 달빛 호수로 번 출연료로는 아직 부족했다. CF 촬영을 할 것이니 내년 초가 된다면 얼추 그럭저럭 괜찮은 집을 하나 장만할 수 있을 것 같았다.

건우는 호흡을 뱉었다. 카메라가 돌아가자 건우의 눈빛이 달라졌다. 사람을 잡아끄는 매력이 존재했다. 블랙홀처럼 여러 시선들을 잡아먹었다.

그 모습에 진희가 살짝 입을 벌리고 건우를 바라볼 정도였다.

'생방송이니 제대로 가자. 실수하지 말아야지.'

건우의 그런 각오가 어떤 파장을 불러올지 누구도 몰랐다.

*   *   *

YS에서 연습생 생활을 하고 있는 하연은 데뷔를 앞두고 있었다. 사실 그녀는 데뷔 전임에도 유명했는데, 바로 SB의 대표 걸그룹 스위티의 리더 시연의 여동생이었기 때문이다. 시연은 하연과 나이 차이가 꽤 많이 나서 그녀를 늘 귀여워했다.

하연은 대세 걸그룹의 리더가 된 시연을 동경했다. 그래서 몰래 오디션을 봐서 YS의 연습생이 된 것이다.

자매임에도 불구하고 서로 라이벌 소속사에 들어가자 많은 화제가 되었다. SB에서는 오디션을 볼 필요 없이 데뷔를 시켜 주겠다고 했지만 하연은 자신의 능력을 입증받고 싶었다. 야망이 있다면 시연을 넘어서는 것이었다.

연말임에도 불구하고 하연은 데뷔 준비 때문에 바빴다. 연말 술자리나 파티는 그녀에게 있어서는 딴 세상 이야기였다. 12월의 마지막 날인 오늘도 프로필 사진 촬영을 하고는 보컬과 춤 연습에 매진했다. 데뷔곡은 그녀의 마음에 꼭 들었다.

하연은 건우의 팬카페 회원이었다. 그것도 아주 활동을 열심히 하는 열혈 회원이었다. 하연과 연습생들은 건우가 온다는 소식에 석준 몰래 우르르 몰려가서 구경했다.

건우의 소문은 무척이나 많이 나 있었다. 특히 연예인들 사이에서 굉장히 무성한 소문이 있었는데, 진짜 후광이 난다느니, 건우를 보게 되면 몸이 굳어서 움직이지 않는다던가, 존재감에 눌린다는 등 그러한 이야기가 많았다.

실제로 보니 과장이 아니었다. 연습생들은 그 소문이 진실임을 두 눈으로 보고 절실히 깨달았다. 오히려 축소된 감이 있었다. 사진과 영상은 건우의 모습을 모두 담기에는 역시 무리가 있었다. 건우의 실물은 그야말로 압도적이었다.

하연과 연습생들은 연습실로 온 이후에도 흥분하며 이야기를 나누었다.

하연은 멍한 표정이었다.

조금 피로한 기색이 있었다.

'달빛 호수를 너무 많이 봤어.'

그럴 수밖에 없는 것이 없는 시간을 쪼개 벌써 4번째 정주행 중이었다. 볼 때마다 새롭다는 느낌을 받는 드라마는 처음이었다. 느껴지는 감동은 그날그날 달랐다. 건우의 팬들 사이에서는 그것을 두고 건우 중독증이라 불렀다.

'그래도 난 실물을 봤지!'

잊을 수가 없었다.

하연은 건우와의 첫 만남이 떠올랐다.

잠시 구경을 한 것일 테지만 석준에게 시험을 볼 때 자신에게 영감을 준 것이 대단히 고마웠다. 그리고 건우는 모르겠지만 하연은 달빛 호수를 보며 많은 영감을 받아 감수성이 더욱더 풍부해졌다. 때문에 YS 내에서도 그녀에 대한 평가가 아주 가파르게 상승하고 있었다.

"와, 치킨! 대박!"

"뭐야, 뭐야?"

"오! 건우님이 보냈대!"

"역시 건우주신… 성격도 우주급."

오랜만에 야식을 실컷 먹을 수 있게 된 하연과 연습생들이었다.

"맞다! 오늘 LBC 연기대상!"

연습생 중 하나가 벌떡 일어나더니 휴게실에 붙어 있는 TV를 켰다. YS에서 연습은 각자에게 맡기는 편이었다. 레슨 시간을 제외하면 연습생들이 어떻게 보내는지 신경 쓰지 않았다. 자기 관리를 못하거나 게으른 이들은 알아서 떨어져 나갔다. 오늘도 원래 휴일이었지만 아침부터 밤늦게까지 연습을 한 것이었다.

치킨을 뜯고 있던 소녀들이 TV에 집중하기 시작했다. 닭다리를 들고 있던 하연도 마찬가지였다. 국민MC 유진식과 요즘 핫한 아이돌 출신 배우인 미유가 박수와 환호 소리와 함께 무대 위를 걸어 나왔다.

미유는 전형적인 미인이라기보다는 매력적인 얼굴을 가지고 있었다. 베이글녀로도 유명했는데 아이돌 출신답지 않은 연기력을 보여줘서 꽤 인지도가 있었다. 아이돌에서 배우로 전향해 성공한 대표적인 인물이었다.

[여러분 안녕하세요! LBC 연기대상의 진행을 맡은 유진식입니다.]

[네! 안녕하세요. 미유입니다!]

[미유 씨도 이번에 LBC의 드라마에 출연해서 많은 사랑을 받으셨지요?]

[네! 이가네 김밥집에서 막내딸 이유리를 연기했습니다. 예쁘게 봐주셔서 감사합니다.]

유진식과 미유가 웃으며 이야기를 했다. 유진식이 능숙하고 원활하게 진행해서 미유도 편한 분위기 속에서 멘트를 받았다.

하연에게는 TV 속 저 공간이 꿈속의 세계로 보였다. 아직 데뷔조차 못 한 그녀에게는 당연한 것인지도 몰랐다.

　[이가네 김밥집 식구들은 이제 정말 한 식구 같은데요?]

　카메라가 이가네 김밥집에 출연했던 배우들이 앉아 있는 테이블을 비추었다. 배우들은 살짝 웃으며 손을 흔들어주었다. 이가네 김밥집 식구들 테이블 뒤쪽에 있는 건우의 모습이 카메라에 잡혔다.

　"와……."

　"다른 배우들이 눈에 안 들어와."

　"완전 이진국 굴욕샷이네."

　연습생들이 눈을 반짝이며 말했다.

　나름 잘생긴 배우인 이진국이 화면에 크게 잡혔지만, 그의 뒤에 조그맣게 잡힌 건우의 포스에 밀려 보이지 않았다. 날카로운 눈빛으로 무대를 바라보고 있는 건우의 모습은 화보 그 자체였다. 화면 너머에 있지만 카리스마가 절로 느껴졌다. 그냥 그대로 찍어서 잡지에 내도 괜찮을 것 같았다.

　다른 배우들은 눈에 전혀 들어오지 않았다. 이진국 역시 마치 색채가 빠진 것처럼 밋밋하게 보일 뿐이었다. 어째서 건우가 오징어 메이커라 불리는지 알 수 있는 대목이었다.

　"아……."

　건우의 모습이 카메라에서 사라지자 하연과 연습생들은 아쉬움이 담긴 탄성을 내쉬었다.

유진식이 이가네 김밥집 식구들을 띄워주며 멘트를 했다. 시청자들 입장에서 부담스러울 만도 했지만 전혀 그런 느낌을 받을 수 없었다. 그 과정이 너무나도 자연스러워 그가 왜 국민MC인지 알려주는 듯했다.

[미유 씨, 오늘 만나고 싶었던 분이 계시다면서요? 최근에 라디오에서 이상형으로 꼽으셨다고…….]

[사실 제가 그분을 만나 뵙기 위해 이 자리에 왔습니다.]

[누구일까요?]

[이건우 씨입니다.]

건우의 모습이 화면에 풀샷으로 잡혔다. 방청객에서 비명과 같은 환호 소리가 나왔다.

건우는 민망한 듯 미소를 그렸다. 그러고는 살짝 손을 들었다. 미유는 멘트를 치면서도 건우에게서 시선을 떼지 못했다. 하연과 연습생들도 푹 빠져 치킨도 뜯지 않고 화면 속의 건우만 볼 뿐이었다.

한국 배우에게서는 느낄 수 없는 독특한 아우라가 뿜어져 나오는 것 같았다. 아니, 해외 배우에게서도 느낄 수 없는 특별함과 우월함이 있었다.

"미유 선배님 완전 빠졌네. 눈에서 하트가 완전 뿅뿅임."

"아~ 나도 저기에 있고 싶다."

"건우님 혼자 다 압살하네."

순간적으로 미유의 표정 관리가 안 된 것이 보였는데 누가 보더라도 호감이 팍팍 담긴 눈빛이었다.

[그럼 LBC 연기대상 후보를 만나보시겠습니다! 자! 보여주시지요!]

드라마의 영상과 함께 대상 후보의 모습이 나왔다. 총 8명이었는데 건우는 맨 마지막에 위치해 있었다. 건우의 모습이 하이라이트로 편집되어 나왔는데, 앞의 후보들이 전혀 기억나지 않을 만큼 압도적이었다.

미유가 시청자 투표에 대해 알려주자 하연과 연습생들이 핸드폰을 들었다. 하연이 가장 빨랐다. 안내해 준 번호로 숫자 8을 써서 문자를 보냈다. 그냥 숫자만 적어 보냈음에도 하연은 심장이 두근거렸다. 이것으로 건우에게 도움이 된다고 하니 괜히 마음이 설렌 하연이었다.

'대상 받으시겠지?'

하연은 그렇게 생각했다. 그럴 수밖에 없었다. LBC의 1년 드라마 농사를 본다면 가장 성적이 좋은 것은 바로 달빛 호수였다. 그나마 선방한 이가네 김밥집 식구들은 겨우 11%의 시청률을 기록했을 뿐이었다. 그러나 달빛 호수는 무려 30%에 달하는 시청률을 자랑했다.

그 시청률의 일등공신이 바로 건우였으니 어찌 보면 건우가 받는 것은 당연했다. 게다가 얼마 전에 종영했으니 그 영향력은 더욱 컸다. 사심을 빼고 생각해 봐도 건우 이외에 대상은 없었다.

하연과 연습생들은 치킨을 뜯어 먹으며 TV에 집중했다.

"오, 리온 선배님이 신인상을 받았네."

"받을 만했지."

"요즘 완전 호감 이미지야."

가장 먼저 한 신인상 남자 부분은 리온이 받았다. 데뷔한 지 오래되었지만 드라마 촬영은 달빛 호수가 처음이었기에 신인상을 받는 것이었다.

연습생들은 큰 반응이 없었다.

리온은 함박웃음을 지으며 일어나더니 제일 먼저 건우에게 포옹했다. 무슨 대상을 받은 것처럼 기뻐하는 모습은 보기 좋은 장면으로 보였다. 무대 위로 올라와서 트로피를 받고는 시상 소감을 말하기 시작했다.

[상을 꽤 많이 받아봤는데, 다른 상보다도 기분이 훨씬 좋습니다. 하하하!]

리온이 크게 웃자 방청객들도 웃음을 터뜨렸다.

리온은 가요 무대에서 1위 상을 받았을 때보다 더 좋아했다. 시상 소감이야 늘 그렇듯 형식적이었다. 리온도 처음에는 다르지 않았다. 김태유 PD를 시작으로 여러 스태프들의 이름을 빠르게 언급하며 감사를 표시했다.

[마지막으로 저에게 강렬한 영감을 준 이건우 후배님에게 감사하다는 말씀을 드리고 싶네요. 저는 잘 안 되는 연기 때문에 반항도 많이 했고 많은 스태프 분들을 힘들게 했습니다. 저보다 나이는 어리지만 건우 후배님에게 많은 것을 배웠고 덕분에 성숙해질 수 있었습니다. 건우주신 팬클럽의 열혈 회원으로서 앞으로도 열심히 활동하겠습니다. 감사합니다.]

리온이 웃음기를 싹 빼고 무척이나 진지하게 말했다.

하연은 어이가 없는 표정으로 TV를 바라보았다. 그녀의 언니인 시연에게 들은 리온은 진지함과 전혀 상관없는 사람이었다.

소문도 좋지 않았다. 요즘 들어 바뀌었다고는 하지만 들은 소문이 있기에 상당히 비호감이었다. 그러나 저 모습을 보니 꽤 사람이 괜찮아 보였다.

신인상 순서가 끝나고 작가상을 포함한 여러 상들의 시상이 있었다. 달빛 호수의 고인숙 작가가 작가상을 받기는 했지만 전체적으로 이가네 김밥집 식구들을 밀어주는 분위기였다.

건우의 모습은 그리 많이 잡히지 않았다. 오히려 이진국의 모습이 자주 화면에 등장했다.

"아, 뭐야. 우리 건우님 좀 챙겨줘!"

"이진국이 높으신 분 아들이라며?"

"와, 편파 쩐다. 공중파도 그럴 수 있어?"

이진국은 화면에 잡힐 때마다 자기 딴에는 멋있는 자세와 표정을 짓고 있다고 생각하겠지만 전혀 그렇게 보이지 않았다.

건우가 눈높이를 너무 올려 버렸기 때문이다. 아마 대부분의 시청자들도 같은 생각을 하고 있을 것이었다.

어느새 1부가 끝나고 2부가 시작되었다.

2부의 오프닝은 요즘 방송사에서 밀어주는 걸그룹인 마이티 레이디가 맡게 되었다. SB 소속으로 10대 후반에서 20대 초반으로 이루어져 있었는데, 요즘 예능에도 많이 나와 꽤 좋은 평가를 듣고 있었다. 특히 막내인 이봄은 차세대 국민 여동생이라는 별명까지 붙어 있었다.

곧 상큼한 매력이 넘치는 무대가 시작되었다.

"와… 쟤네 데뷔하자마자 떴지?"

"YS에 있다가 나간 애들도 있잖아. 저기 쟤, 내 후배였어."

"부럽다. 그래도… 우리도 데뷔하니까……."

연습생들은 부러운 눈으로 마이티 레이디의 무대를 바라보았다. 하연도 모처럼 닭다리를 내려놓고 진지한 눈이 되었다. 당장 데뷔하게 되면 제일 먼저 맞붙을 그룹이었다. 무대 자체는 훌륭했다. 섹시한 이미지보다는 상큼하고 귀여운 분위기였다.

노래도 중독성이 있었고 안무도 따라하기 쉬웠다.

"너무한다."

"진짜……."

그러나 분위기는 좋지 않았다.

방청객들은 좋아했지만 배우들의 반응은 거의 없었다. 배우들은 무표정하고 차가운 눈빛으로 무대를 바라볼 뿐이었다. 특히 이진국은 팔짱까지 끼며 동물원 원숭이를 보는 것처럼 바라보았다. 그 모습이 하연과 연습생들에게는 꽤 충격으로 다가왔다. 배우가 아이돌을 차별하는 것 같은 분위기가 풍겼기 때문이다.

무게를 잡고 있는 이진국을 지나쳐 화면이 달빛 호수 테이블로 옮겨갔다.

건우가 환한 미소를 짓고는 리듬을 타고 있었다. 진정으로 노래를 즐기는 모습이었다. 리온은 아예 일어나 춤을 췄고 김진희 역시 박수를 치며 환호했다. 달빛 호수 테이블은 다른 테이블과는 완전히 달랐다. 거의 축제 분위기였다.

하연은 눈물이 핑 돌았다. 연습생들도 그런 감정을 느낀 듯했다. 환하게 웃고 있는 건우를 보면 무언가 행복한 감정이 치솟아 올랐다.

"꺄아악!"

"와아!"

비명 소리와 함께 잘생겼다, 멋지다를 연발하는 하연과 연습생들이었다.

*　　　　*　　　　*

건우는 카메라가 자신을 찍든 말든 크게 신경을 쓰지 않았다. 처음부터 끝까지 카메라가 자신을 보고 있다고 생각하고 진지한 태도를 고수했기 때문이다.

이진국의 시선에서 질투와 시기가 느껴졌지만 건우는 무시했다. 감정을 품는 것은 자유였다. 그러나 그 감정이 행동으로 옮겨지는 순간 마땅한 책임을 져야 했다. 만약 이진국이 자신에게 피해를 입힌다면 건우는 그에게 진정한 지옥을 선사할 의지가 있었다.

'여러 방법이 있긴 하지.'

너무 많아서 문제였다. 따라다니면서 전음으로 괴롭히는 방법도 있었고, 감정 공명으로 부정적인 감정을 확 넣어버리는 방법도 있었다. 아니면 아예 살기를 집중시켜 구멍이란 구멍에서 오물들을 줄줄 쏟아져 나오게 할 수도 있었다. 만약 지금 이 자리에서 한다면 그의 이미지는 완전 망가져 버릴 것이다. 생방송이라 수습할 방도가 없을 테니까 말이다.

그러나 건우는 아직까지 그럴 마음은 없었다.

2부가 시작되고 오프닝 무대를 아이돌 그룹이 꾸몄다.

마이티 레이디.

건우도 이름은 들어본 5인조 여성 아이돌 그룹이었다. 귀여운 미모가 돋보였다. 느껴지는 기운도 제법 순수해 건우는 꽤 마음에 들었다.

배우들 중에는 더러운 기운을 품고 있는 자들도 가득했다. 몇몇 미모의 여배우들은 탁기가 가득했고 남배우들은 음습한 기운을 지니고 있기도 했다. 건우의 경지가 높아질수록 기감을 가다듬고 집중하면 그런 것들을 대략적으로 느낄 수 있었다.

성적으로 문란한 생활을 하는 여배우에게서는 진득하고 검은 양기가 보이는 듯했다. 정상적인 관계로는 축적할 수 없는 기운이었다.

연예계 생활은 분명 그런 어두운 면이 있었다. 연예계뿐만 아니라 어딜 가나 어두운 면이 있게 마련이었다. 없어져야 할 악이었지만 아무리 강한 힘을 가지고 있어도 그런 것들을 완전히 없앨 수는 없을 것이다.

건우는 적어도 자신과 관련된 이들은 자신의 손으로 지키고 싶었다. 무공을 익힌 이유 중 하나였고 자신이 해야 할 일이라 생각하고 있었다.

건우는 무대에 집중했다. 어느새 건우의 입가에는 훈훈한 미소가 떠올라 있었다. 전생에 자신을 따랐던 여동생 같은 아이가 문득 떠올랐다. 비무행 초반에 만나 의남매를 맺었다. 기억이 온전하지 않아 어떻게 헤어졌는지 기억은 나지 않았지만 비극적인 결과였을 것이라 대략적으로 추측이 되었다.

"뭐야, 유치하게."

"격 떨어지네. 저런 것 좀 안 하면 안 돼?"

이진국과 여배우 한 명의 대화 소리가 들렸다. 음악 소리에 묻혔지만 건우의 귀를 피할 수는 없었다. 이진국의 옆에 앉아 있는 여배우는 벌레 보듯 무대를 바라보았다. 건우는 몰랐지만 애초부터 소문이 그리 좋지 않은 이들이었다. 이진국은 중학교, 고등학교 때 물의를 일으켰지만 든든한 배경이 있어 탄탄대로를 걸어왔다.

방송사와도 인맥이 있어 배우로 데뷔하자마자 주인공 자리를 꿰차며 여기까지 온 것이다.

싸늘한 분위기에 무대 위의 아이돌들이 꽤나 위축된 것이 보였다.

이런 분위기가 좋지는 않았다. 당황한 기색이 역력한 아이돌들의 모습을 보니 안타까웠다.

'체면을 세워야 할 때 세워야 하지.'

같잖은 우쭐함이 건우의 마음에 들지 않았다.

건우는 옥선체화신공을 운용하며 기운을 펴뜨렸다. 건우를 중심으로 감정의 파도가 퍼져 나가며 주변에 있는 이들을 공명시켰다. 건우가 떠올린 감정은 흥겨움이었다. 술에 취한 것처럼 흥이 오르는 기분이 건우의 테이블에 감돌았다.

"노래 좋은데?"

건우가 손뼉을 치며 리듬을 타자 진희가 그런 건우를 보더니 피식 웃으며 어깨를 흔들었다. 건우의 기운에 가장 영향을 받은 리온은 벌떡 일어나더니 환호를 내질렀다.

"예쁘다! 마이티 레이디! 장하다! 내 후배!"

마이티 레이디는 리온과 같은 소속사였고 서로 아는 사이였다. 리온이 건우의 기운에 취해 춤을 추자 금세 달빛 호수 테이블은 다른 곳과 전혀 다른 분위기가 되었다.

카메라를 의식하지 않고 음악을 즐겼다. 건우도 꽤 기분이 좋아져 진심으로 웃을 수 있었다.

이진국은 그런 건우를 경멸스러운 눈으로 바라보았지만 건우와 눈이 마주치자 움찔 몸을 떨었다. 아마 고양이 앞의 쥐가 된 듯한 느낌을 받았을 것이다. 그것은 더 이상 자신에게 신경 쓰지 말고 신경을 끊으라는 마지막 경고였다. 이진국은 자신이 겁을 먹었다는 것에 자존심이 상한 듯 얼굴이 좋지 않았다. 이곳이 무림이었다면 당장에라도 비무를 신청할 기세였다.

'어리석은 놈이네.'

자존심과 허영만으로 살아가는 이들이 그렇다. 건우는 세상에 좋은 사람만큼 그렇지 않은 사람들도 많다는 것을 잘 알고 있었다. 세상이 아무리 발전했어도 그 점만큼은 변하지 않았고 앞으로도 그럴 것이다.

건우는 이진국을 신경 쓰지 않고 무대를 즐겼다. 열정이 느껴져서 기분이 좋았다. 저 아이돌 그룹이 가지고 있는 그러한 감정은 건우에게도 많은 영향을 주었다.

무대가 끝나고 마이티 레이디는 밝은 모습으로 퇴장했다.

리온은 후련한 듯 보였지만 다른 테이블의 굳어 있는 분위기가 마음에 들지 않는 듯했다. 리온은 이진국이 건우를 노려보고 있는 것을 발견하고는 건우에게 조심스럽게 물었다. 건우에게만 들릴 수 있게 가까이 다가왔다.

"후배님, 이진국이랑 무슨 일 있었습니까?"

"딱히 아무것도 없었습니다."

"되도록이면 관련되지 않는 게 좋습니다. 저도 몇 번 저 친구와 만나봤지만… 막장이더군요."

리온의 표정은 사뭇 진지했다.

건우는 가볍게만 했던 리온이 저런 모습을 보이니 제법 신기했다. 건우와 만나기 전에는 말썽을 일으키고 허세가 가득한 남자였기는 하지만 그래도 연예계에서는 잔뼈가 아주 굵은 자가 바로 리온이었다.

건우는 살짝 웃어넘겼다. 이진국이 자신과 관련되지 않기를 바라야 할 것이다.

'일단은 두고 봐야겠어.'

건우는 그렇게 생각했다. 건우는 정도를 지향했지만 무림인이 대게 그렇듯 성인군자는 아니었다.

다시 시상식이 진행되었다.

베스트 커플상의 차례가 오자 진희는 눈을 반짝이며 기대감을 드러냈다. 달빛 호수의 시청률, 그리고 시청자 투표도 압도적으로 높았으니 건우와 진희가 받는 것은 당연한 것이었다. 발표를 위해 다른 배우들이 나왔다. 그들은 잠시 뜸을 들이다가 발표를 시작했다.

"베스트 커플상은… 이가네 김밥집 식구들의 이진국 씨와 미유 씨! 축하드립니다!"

건우는 그냥 그러려니 했지만 진희의 얼굴은 황당함으로 물들었다. 리온 역시 그러했다. 누가 보더라도 달빛 호수의 커플이 받는 것이 맞았다. 생방송이라 티는 낼 수 없었지만 진희는 명백하게 불쾌해했다.

"뭐야. 참나… 건우야, 괜찮아?"

"저쪽은 로맨스 드라마니까 그렇겠지."

"아니야. 우리도 엄청 달달했는데……."

진희의 얼굴이 찡그려졌다. 서운함을 넘어 화가 치밀어 오른 것이다. 애초부터 연초에 방영한 드라마, 그것도 시청률이 고만고만한 드라마의 커플이 상을 채가니 그럴 수밖에 없었다.

건우가 피식 웃으며 진희의 등을 가볍게 토닥였다. 진희는 건우의 웃는 표정을 보다가 한숨을 내쉬며 화를 속으로 삼켰다. 사실 대상이나 최우수 연기상보다 더 기대했던 것이 바로 베스트 커플상이었다. 베스트 커플상에 오르게 되면 LBC에서 화보를 찍어주었으니 말이다.

소소한 상이었지만 나름 LBC 연기대상의 역사와도 같은 것이었다. 신기하게도 LBC에서 베스트 커플상을 받은 커플들 중 일부는 얼마 안 가 사귀게 되는 등 좋은 소식이 꽤 있었다.

이진국과 미유는 무대 위에 올라 시상 소감을 말했다. 이진국은 건우를 대단히 신경 쓰며 힐끗거렸지만 건우는 순수하게 시상식을 즐기고 있었다.

최우수 연기상 발표를 하기 전에 개그맨 밤바가 테이블 쪽으로 다가와 배우들과 이야기를 나누기 시작했다. 가벼운 분위기로 배우들과 이야기를 하며 지루한 분위기를 풀어주려는 의도인 것 같았다.

밤바와 이진국은 역시 친분을 자랑했다. 밤바는 이진국을 대단히 띄워주는 발언을 서슴치 않았고 그쪽 테이블에 있는 이들이 불편하게 느낄 정도로 오래 머물렀다.

어떤 사인을 받은 듯 밤바가 드디어 달빛 호수의 테이블로 다가왔다. 다가오다가 건우를 보고 살짝 멈칫했지만 웃는 낯을 유지했다.

"연기대상 후보에 오르신 이건우 씨와 이야기를 나눠보죠!"

밤바는 건우의 옆에 섰다. 카메라가 건우의 모습을 잡았다.

"건우 씨, 데뷔한 지 얼마 되지도 않아 대상 후보에 오르셨는데요. 세간에서 이진국 씨와 외모 대결이라는 말을 듣고 계신데 어떠신가요?"

이진국과 외모 대결이라는 말이 나오자 관객석에서 웃음이 터져 나왔다. 명백한 비웃음이었다. 꽤 큰 웃음소리라 방송에도 나갈 것 같았다. 이진국은 그럭저럭 잘생긴 배우라는 소리를 듣기는 했으나 호불호가 많이 갈리는 타입이었다. 대한민국 미남 계보를 새로 썼다고 평가받는 건우에게 비빌 레벨은 결코 아니었다. 아니, 오히려 초라하게 느껴질 정도였다.

대본에는 없는, 밤바의 즉흥적인 애드립은 머쓱한 분위기만 연출하게 되어버렸다. 김진희는 대놓고 비웃지는 않았지만 살짝 입가를 가리며 웃었고 리온은 대놓고 웃음을 흘렸다.

건우는 전혀 웃지 않고 진지한 표정으로 입을 떼었다.

"영광입니다. 이진국 선배님과 비교하기에는 제가 많이 모자란 것 같습니다. 저는 잘생겼다고 보기보다는… 음, 조금 개성 있게 생긴 것 같아서요."

"네? 그, 그렇군요. 개성도 중요하지요. 하하! 개성남 이건우 씨와의 대화였습니다! 과연 미남과 개성남의 대결에서 누가 승리할지 기대하도록 하겠습니다!"

밤바는 그래도 이진국을 띄워주는 차원에서 그런 마무리를 했지만 향후 어떤 파장을 불러올지는 예상하지 못했다.

건우의 대답에 밤바는 떨떠름한 표정을 짓고는 자리를 옮겼다. 건우도 자신이 잘생긴 것은 자각하고 있었다.

이진국을 겨냥하는 의미에서 한 발언이었지만 리온과 김진희를 비롯한 대부분의 이들이 어이없다는 눈으로 건우를 바라보았다. 그들의 눈에는 아주 과한 겸손으로 비친 것이다.

시상식이 계속 진행되었다. 진희가 여자 부문 최우수 연기상을 받았고, 이제 남자 최우수 연기상 하나와 대상 하나만 남아 있을 뿐이었다. 가장 유력한 후보는 건우였고 이진국도 이름을 올리고 있어 만약 이진국이나 건우가 최우수 연기상을 받는다면 받는 사람에게 대상은 물 건너간 것과 다름없었다.

긴장되는 순간이 왔다. 건우를 제외하고 모두가 긴장하고 있었다. 달빛 호수는 연출상과 작가상, 올해의 드라마상을 휩쓸었으니 이제 대상만 받으면 최고의 마무리가 될 것이었다. 베스트 커플상을 받지 못한 것이 아쉽기는 했지만 말이다.

시상 발표는 누구나 다 아는 중견 배우와 여배우가 맡고 있었다.

"최우수 연기상은··· 이건우 씨! 축하드립니다."

"이건우 씨는 달빛 호수에서 이건우 신드롬이라 불릴 정도로 대단한 연기를 보여주셨습니다."

최우수 연기상으로 건우의 이름이 나왔다. 달빛 호수 테이블의 모든 이가 어이없다는 반응이었다. 달빛 호수의 인기는 압도적이어서 다른 드라마에 비교할 가치가 없었다. 게다가 이진국은 연기력 호평을 듣기는 했으나 조용히 묻힐 만큼 평범했다.

자신의 대상을 확신한 이진국은 환하게 웃으며 박수를 치고 있었고 이가네 김밥집 식구들 테이블은 유난히 좋아했다. 달빛 호수에 밀려 분위기가 죽어 있었는데, 지금은 완전히 기가 살아나 있었다.

표정이 안 좋아진 달빛 호수 식구들과는 다르게 건우의 표정은 밝았다. 기분이 전혀 나쁘지 않았다. 오히려 기뻤다. 아직 데뷔한 지 1년도 지나지 않았는데, 바로 대상을 받기에는 너무 부담스러웠기 때문이다. 최우수 연기상 역시 정말 대단한 것이었다. 솔직히 말하면 상을 받는다는 것이 건우에게는 꿈만 같은 일이었다.

처음으로 현생에서 자신의 손으로 이룬 값진 성과였다.

건우는 환한 미소를 지으며 무대 위로 올라갔다. 트로피를 받자마자 사방에서 꽃다발을 건네주었다.

배우들, 관객들, 카메라.

모든 이들이 자신을 바라보고 있었다. 그것에서 오는 짜릿함이 존재했다. 어째서 많은 이들이 그토록 주목을 받고 싶어 하는지 이해할 수 있을 것 같았다.

'TV에서만 보던 곳에서… 상이라…….'

인생이 한순간에 바뀌었다. 그렇게 표현해도 무리가 없을 것이다. 전생과는 전혀 다른 인생, 그리고 현생에서는 상상만 해본 인생의 첫 발자국을 밟고 있었다.

건우는 마이크 앞에 섰다. 박수 소리가 멎었다.

건우는 진심으로 웃었다. 평소에는 잘 보여주지 않는 미소였다. 외부적으로는 웃는 모습보다는 차가운 표정을 보여온 건우였다. 무인으로서의 기억 때문에 그런 측면도 있었다.

디스저널의 기자들이 건우를 따라다니며 찍은 사진 중에는 웃는 사진이 거의 없었다. 그런 건우는 지금 누가 보더라도 환상적이라 느낄 만한 미소를 짓고 있었다.

"안녕하세요. 이건우입니다."

그렇게 첫마디를 떼었다. 많은 생각들이 건우의 머릿속에 떠올랐다. 짧은 기간 동안의 촬영이었지만 많은 추억들이 쌓여 있었다.

"데뷔한 지도 얼마 되지 않았는데 이렇게 TV로만 보던 곳에 와서 상을 받으니 아직도 얼떨떨합니다. 솔직히 말하면 아직도 꿈을 꾸는 것 같습니다. 감사드리고 싶은 분들이 너무 많습니다. 김태유 PD님, 고인숙 작가님……."

건우는 스태프의 이름을 불러주었다. 길어져서 지루해질 수도 있었지만 빠르게 넘어가 그런 느낌은 들지 않았다. 건우의 목소리는 사람을 빨아들이는 매력이 존재했다. 옥선체화신공을 펼치고 있기 때문에 그 효과는 거의 마약과도 같았다. 들으면 들을수록 계속 듣고 싶어지는 목소리였다.

"그리고 마지막으로 어머니께 감사드리고 싶습니다. 못난 아들 때문에 걱정이 참 많으셨습니다. 어떤 상을 드려도 그 희생에 보답해 드릴 수 없겠지만… 그래도 이 상으로 조금이나마 마음의 짐을 덜어드릴 수 있다면 좋겠습니다. 어머니, 사랑합니다."

건우의 눈시울이 붉어졌다. 전생과 현생의 기억을 탈탈 털어보아도 어머니께 무언가 해드린 것이 없었다. 전생에서는 자신을 지키기 위해 목숨을 던지셨고, 현생에서는 오로지 그를 위해서 고된 일을 마다하지 않으셨다. 지금에서야 자식 노릇을 한다는 것이 부끄럽고 마음이 아팠다.

지금 TV를 보고 계실 것이 분명했다. 건우는 깊게 고개를 숙이고 물러났다.

장내가 숙연해졌다. 장내에 있는 이들이 건우의 내공에 영향을 받아 건우가 느끼는 감정을 일부나마 느낄 수 있었기 때문이다. 건우가 테이블로 돌아왔다. 진희와 리온이 눈물 맺힌 눈으로 건우를 바라보았다.

대상은 결국 이진국이 받았다. 이진국이 받기는 했으나 건우가 최우수 연기상을 받을 때보다 박수와 환호 소리는 훨씬 작았다.

이진국은 건우 쪽을 바라보며 비웃었다. 그러나 자기 혼자 지나치게 건우를 견제하느라 기묘한 수상 소감이 되었다.

이진국도 건우의 옥선체화신공에 영향을 받았지만 자존심과 이기심, 질투심이 작용하여 격렬하게 거부했다. 그 결과 그러한 시기와 질투가 감정의 표면으로 나오더니 전반적인 영향을 미치기 시작했다.

부작용이라고 할 정도는 아니었지만 다소 감정 조절이 안되는 것 같아 보였다. 이진국에게 큰 신경은 쓰지 않고 있어 건우가 미처 발견하지는 못했다.

"개성남과의 대결에서는 제가 이겼네요. 다시 도전하신다면 받아줄 의향이 있습니다. 감사합니다. 하하."

그동안 좋은 사람을 연기했던 이진국답지 않은 당돌한 말이었다. 분위기에 취한 것이 틀림없었다.

건우는 그 모습을 보며 박수를 쳐주었다. 마음에 들지 않지만 어쨌든 자신이 진 것은 사실이었다. 뒤로 무슨 공작을 했건 그것도 실력이라 생각했다. 다만, 평가는 대중들이 할 것이라 생각했다.

오히려 리온과 진희가 발끈하며 표정이 안 좋아졌다.

"나보다 못생긴 놈이 왜 저래?"

"참나, 저 새… 흠흠, 말도 안 되는 소리를 하네."

리온과 진희가 한마디씩 내뱉었다. 고인숙 작가도 고개를 설레 내저었다. 작가의 세계에서 파워가 상당한 고인숙은 어떤 외압이 있더라도 이진국을 자신이 쓴 작품에 넣지 않으리라 마음먹었다.

그렇게 건우의 첫 시상식이 끝났다.

김태유 PD와 고인숙 작가가 뒤풀이를 하자고 했지만 건우는 정중하게 거절하고 그대로 옛날 집으로 향했다. 가장 먼저 어머니에게 이 상을 보여드리고 싶어서였다. 그런 건우의 마음을 이해한 승엽은 아무 말도 하지 않고 집으로 건우를 데려다주었다.

집에 오자 어떻게 알았는지 건우의 어머니가 문을 열고 나왔다. 눈이 살짝 부어 있었는데, 건우는 그 모습에 마음이 찡해졌다.

"보쌈이랑 김치찌개 해놨다."

"온다고 말 안 했는데 어떻게 아시고……."

어머니는 부드럽게 웃을 뿐이었다. 집 안으로 들어가자 맛있는 냄새가 풍겨왔다.

건우는 손에 든 트로피를 건네주었다.

"제 인생의 첫 상이에요."

"장하네. 그러고 보니 지금까지 상을 받은 적이 한 번도 없었구나."

"말썽만 피웠으니까요."

"아니야."

어머니는 건우의 말에 고개를 저었다.

"단 한 번도 말썽이라고 생각해 본 적은 없단다."

건우는 다른 말을 할 수 없었다.

그냥 웃을 뿐이었다. 전생에서, 그리고 현생에서까지 자신의 어머니가 되어준 어머니가 너무 고마웠다. 그의 두 개의 인생에서 어머니는 단 한 분뿐이었다.

"오, 이거 황금이니?"

"아뇨."

"그래도 예쁘네. 가게에 장식해 놔야겠어."

"하하, 그러세요."

어머니는 트로피를 꼭 쥐며 뭐가 그리 좋은지 계속 쓰다듬었다. 어머니와 같이 식탁에 앉았다. 어머니는 소주 한 병을 꺼내와 건우의 잔에 따라주었다.

"오늘은 자고 가거라."

"네."

환하게 웃는 어머니의 미소를 볼 수 있었다. 절로 가슴이 따듯해졌다. 그 벅차오름을 어떻게 말로 표현할 수가 없었다.

'제 어머니가 되어주셔서 감사합니다.'

건우는 인생 최고의 날이라고 생각했다.

*   *   *

새해가 밝고 시간이 빠르게 흘러갔다.

LBC 연기대상 시상식은 역시나 말이 아주 많이 나왔다. 일단 건우의 미모 폭발이 큰 주목을 받았다. 물이 오른 건우의 비주얼은 압도적, 그 자체였다. 소주천이 가능했기에 옥선체화신공의 효력도 증대되었고 내력을 쌓고 운용을 하면 할수록 건우의 외모는 점점 더 인간을 벗어나고 있었다. 해외에 권위 있는 의사 하나가 미튜브 동영상을 올린 것이 화제가 되고 있었는데, 확률상 거의 나오기 힘든 수준의 비율이라고 건우의 얼굴을 평가했다.

연기대상 시상식에서 주변의 모든 배우들을 오징어로 만들어 버려 이제는 '오징어 폭격기'라는 별명까지 얻을 정도였다.

특히, 환하게 웃는 장면과 눈시울을 붉히는 장면은 벌써 짤

방으로 만들어져 인터넷에 돌아다녔다. '정화 폭탄짤'이라는
새로운 유행을 낳게 되었다. 추하거나 보기 힘든 게시물이 올
라오게 되면 정화 폭탄짤이라는 제목으로 건우의 짤방이 주
르륵 달렸다. 처음에는 여초 커뮤니티에서 시작된 것이었지만
점점 남초 커뮤니티에도 퍼져 기묘한 유행으로 변하게 되었
다.

　귀염동: 와… 진짜 멍 때리고 봤다. 하찮은 내 눈이 죄송스
러워서 라식하러 간다.
　뮤진: ㅋㅋㅋ황송해서 못 쳐다보겠얼ㅋㅋ.
　레드식스: 개성남이라니 겸손이 지구 내핵까지 뚫고 갈 기
세ㅋㅋ.
　김간호사: 거울 보고 울었다.
　진실: 대한민국 미남은 현재 1갓 4인 체제이다. 1갓인 건우
주신만 그것을 모를 뿐.
　오뎅좀주세요: 건우님 울 때 나도 울었다. 근데 개섹시했
음ㅋㅋㅋ.
　술먹는하마: 계보 정리! 9대 커뮤니티를 조사해서 만든 순
위임을 밝힙니다.
　1갓(천상계): 반박불가 최고존엄 유일신 이건우.
　4인(인간계, 사천왕): 김동진, 주원성, 정성운, 소진하.

―RE: 할우히: 건우주신은 ㅇㅈ. 근데 4인은 ㄴㅇㅈ. 왜 한 주혁이 없음?

―RE: 그린그림: 한주혁은 좀 아닌 듯. 저게 맞음.

―RE: 우주를안줄게: 이인호가 껴도 될 듯한데. 물론 건우 주신 1갓 ㅇㅈ.

―RE: 악눈에눈이: ㅇㅈ.

가장 많은 화제를 낳은 것은 누가 보더라도 대상이 분명했던 건우가 대상을 받지 못한 것과 이진국, 그리고 밤바의 태도 논란이었다. LBC 홈페이지에서 압도적인 표 차이로 1위에 올라 후보에 오른 건우였다. LBC 측에서는 시청자 문자 투표의 점수가 컸다고 해명했지만 오히려 혼란만 가중시켰다.

그러면서 슬며시 이진국의 친인척들과 배경에 대한 이야기가 기삿거리로 등장하기 시작했다. 재상 그룹의 부회장과 친척 사이였고 LBC 이사회와도 관련이 있었다. 이진국에 대한 안 좋은 소문이 꽤 나도는 상황이었지만 LBC는 오히려 이진국을 밀어주고 있었다.

이진국에 대한 기사가 마구 쏟아졌다. 이진국의 소속사에서 힘을 꽤 써서 우호적인 기사도 있었지만 그것마저 네티즌의 반응이 아주 안 좋았다. 차라리 없느니만 못하다고 말하는 것이 나을 것이다.

YS에서 힘을 써주었기에 건우에 대한 기사도 꽤 있었다.

〈이진국, 2016 LBC 연기대상! 미남의 승리?〉
〈이건우, 압도적인 미모로 연기대상을 압살하다〉
〈이가네 김밥집 식구들, 작품성으로 승리!〉
〈미남 이진국 VS 개성남 이건우, 미남 이진국의 판정승〉

기사의 댓글은 조롱 일색이었다. 그럭저럭 비빌 수준이면 이 정도로 욕을 먹질 않겠지만 건우와 이진국의 비교샷은 그야말로 이진국의 굴욕샷이었다. 흑역사도 이런 흑역사가 없었다. 이진국의 이목구비가 밋밋하다 못해 다리미로 밀어버린 것 같이 느껴질 정도였다.

sdh23****: 무려 미남! 이진국 씨가 대상입니다. 와, 건우 님의 코털만큼이나 잘생기셨네요!

—RE: I_ds****: 제가 메시보다 축구 잘합니다. 축구 미남이라 불러주세요.

—RE: xrs****: 제가 마이클 조던보다 농구 잘합니다. 농구 미남입니다.

—RE: idor****: 제가 호도르보다 싸움 잘합니다. 싸움 미남이라 불러주세요.

―RE: ghhg****: 제가 미국 대통령보다 정치 잘합니다. 정치 미남이라 불러주세요.

bra****: 이진국은 돈으로 대상을 샀네. 진짜 관계자들 다 처벌해야 한다. 대상은 미리 정해져 있었을 듯. 공영방송 맞음?

soon:****: 미남이래ㅋㅋㅋ 미친ㅋㅋㅋ 건우님 발톱이 더 잘생겼을듯ㅋㅋ.

jaln****: 지 입으로 미남이래. 못생긴 게.

―RE: good****: ㅋㅋ님 왜 이렇게 웃김.

―RE: dsa****: ㅋㅋㅋㅋ팩폭 보소. ㅋㅋ솔까 내가 더 낫다.

이진국의 호감도는 점점 줄어들었다. 이진국이 예전에 했던 발언들이 다시 수면 위로 올라오며 이진국에게 부메랑이 되어 꽂히는 분위기였다.

『톱스타 이건우』 3권에 계속…

이제부터 전자책은

이젠북

www.ezenbook.co.kr

새로운 세계가 열린다!

김재한 『성운을 먹는 자』　　철백 『대무사』
니콜로 『마왕의 게임』　　　가프 『궁극의 쉐프』
이경영 『그라니트:용들의 땅』　문용신 『절대호위』
탁목조 『일곱 번째 달의 무르무르』　천지무천 『변혁 1990』
강성곤 『메이저리거』　　　SOKIN 『코더 이용호』

이름만 들어도 황홀할 정도의 별들의 향연!
이들의 "유료연재"가 시작됩니다!

검색창에 **이젠북**을 쳐보세요! ▼

초대형 24시 만화방

신간 100%, 샤워실, 흡연실, 수면실(침대석), 커플석, 세탁기 완비

■ 시흥 정왕25시점 ■

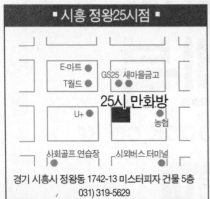

경기 시흥시 정왕동 1742-13 미스터피자 건물 5층
031) 319-5629

■ 강북 노원역점 ■

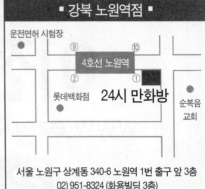

서울 노원구 상계동 340-6 노원역 1번 출구 앞 3층
02) 951-8324 (화용빌딩 3층)

■ 일산 정발산역점 ■

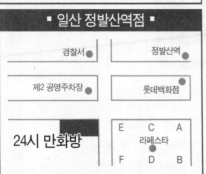

라페스타 E동 건너편 먹자골목 내 객잔건물 5층
031) 914-1957

■ 일산 화정역점 ■

경기도 고양시 덕양구 화정동 984번지 서일빌딩 7층
031) 979-4874 (서일사우나 건물 7층)

■ 부천 역곡역점 ■

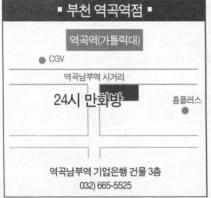

역곡남부역 기업은행 건물 3층
032) 665-5525

■ 부평역점 ■

(구)진선미 예식장 뒤 한신포차 건물 10층
032) 522-2871

천마신교
낙양지부

정보석 新무협 판타지 소설

FANTASTIC ORIENTAL HEROES

무협武俠의 무武란 무엇을 뜻하는가?
바로 자신의 협俠을 강제强制하는 힘이다.

자신을 넘어, 타인을 통해, 천하 끝까지 그 힘이 이른다면,
그것이 곧 신神의 경지.

일개 인간이 입신入神하기 위해
필요한 것은 무엇인가?

지금, 그 답을 찾기 위한
피월려의 서사시가 시작된다!